ベリーズ文庫

最強守護騎士の過保護が止まりません！

～転生令嬢、溺愛ルートにまっしぐら!?～

櫻井みこと

STARTS
スターツ出版株式会社

目次

最強守護騎士の過保護が止まりません！～転生令嬢、溺愛ルートにまっしぐら!?～

アルヴィン
ひょんなことから
セシリアの守護騎士に。
魔力・剣力に長け、
学力は研究者レベルの
イケメン。
実は隣国の公爵で!?
セシリア・
ブランジーニ
強い魔力を持つ公爵令嬢。
王立魔法学園一年生。
十歳の誕生日に、
恋愛ゲームの悪役令嬢に
転生したと気づく。

最強守護騎士の過保護が止まりません！

転生令嬢、溺愛ルートにまっしぐら!?

Character Introduction

アレク・シャテル

シャテル王国の心優しい王太子。完璧を装っているけど、魔力が弱く、案外抜けている。

ミルファー・シャテル

アレクの妹で王女。恋愛ゲームのヒロインのライバル役で、王国一の魔力の持ち主。

ラララ・エイター

男爵令嬢で恋愛ゲームのヒロイン。圧倒的なかわいさで、人懐っこく、誰からも好かれている。

ユージン・ブランジーニ

セシリアの異母兄。風貌から強く見られがちだが、魔力が強いセシリアを疎んでいる。

ブランジーニ公爵

セシリアの父。圧倒的強さを持つけれど、今は愛する妻だけにすべてを注いでいる。

ダニー・マゼー

騎士団長の息子。アレクの側近で忠誠心が高い。たくましく、剣技に優れている脳筋バカ。

フィン・アコース

魔導師団長の息子でアレクの側近。ナルシストのヤンデレで少々癖あり。魔力は案外弱い。

ニクラス

隣国の、眉目秀麗な王太子。女性人気も圧倒的。セシリアに一目惚れするけれど…!?

最強守護騎士の過保護が止まりません！
～転生令嬢、溺愛ルートにまっしぐら⁉～

第一章　運命の出会い

『シャテル王国』の公爵令嬢であるセシリア・ブランジーニに前世の記憶が蘇《よみがえ》ったのは、十歳の誕生日だった。

父は毎日忙しく母は生まれつき病弱で、この日もセシリアは朝から放っておかれた。まだ幼いセシリアは寂しさのあまり、こっそりと屋敷から抜け出してひとりで町を歩いていた。

屋敷の門は、いつもなら警備兵によって厳重に守られているはずだ。だが父が王城に出向くために馬車を出したあと、母の主治医が駆けつけるまで開け放たれていて、簡単に通り抜けられた。

この日はそれほど慌ただしく、セシリアの誕生日だとみんなが忘れていても仕方がなかったと思う。でも当時のセシリアにはまだ、そこまで理解できなかった。今までは屋敷の人間によって甘やかされ大切にされていたから当然だ。

（わたしなんかいなくても、お父様もお母様も困らないのよ）

泣き出しそうになりながら、そう思ったことをよく覚えている。

幸いにもシャテル王国の王都は治安がよく、十歳の少女がひとりで歩いたとしても危険はなかった。でも町には幸せな家族連れが溢《あふ》れていて、セシリアの寂しさをますます煽《あお》っていく。

こらえきれなかった涙が頬を流れ落ちる。

（わたしはひとりきりなのに……）

絶望に苛《さいな》まれながら俯《うつむ》いたとき、ひとりの少年を見つけた。

彼はとても人目を惹《ひ》いていた。艶やかな黒髪に、白い肌。スミレ色の瞳。その容貌は、恐ろしいくらいに整っている。

（綺麗《きれい》な子……）

泣いていたことも忘れて、思わずセシリアは彼に魅入った。

そんな少年が、たったひとりで路上に座り込んでいる。もしここが治安の悪い町なら、たちまち連れ去られてしまったかもしれない。

だが、ここは平和な王都である。見知らぬ少年がいたところで、誰も関わろうとしない。

少年の表情にはなんの感情も浮かばず、その美貌をますます人形のように無機質なものに見せていた。

（あの子も、ひとりなのね）

なにか事情があるのは間違いない。でもまだ幼いセシリアはそこまで考えが及ばず、無防備に少年に近寄った。

「ねえ、あなたもひとりなの？」

急に話しかけてきたセシリアに、少年は警戒したような視線を向ける。だがセシリアは、そんな彼の警戒にまったく気がつかず隣に座った。

「わたしはセシリア。今日で十歳よ。あなたのお名前は？」

「……アルヴィン。同じ年だと思う」

無邪気なセシリアの言葉に毒気を抜かれたのか、彼は素直に答えてくれた。

「アルヴィン。あのね。わたし、今日は十歳の誕生日なのにひとりきりなの」

膝を抱えて彼に訴えると、寂しさが蘇ってきた。セシリアの瞳にたちまち涙が溜《た》まっていく。

「お父様は出かけてしまったし、お母様は寝室から出てこないのよ。お兄様も、ずっと部屋にこもってお勉強しているの」

突然近づいてきて泣き出したセシリアをどう扱ったらいいのか、アルヴィンは困っている様子だった。それでも、まだ出会ったばかりで互いに名前しか知らない間柄なのになんとか慰めようとしてくれている。

「君は、両親に疎まれているのか？」

「うとまれる？」

「叩《たた》かれたり、食事を与えられなかったりすることはあるのか？」

「……ないわ」

　セシリアは大きく首を横に振る。

「そうか。だったら大丈夫だ」

　アルヴィンは安堵《あんど》した様子で言った。

「大人は、俺たちが思っているよりも余裕がない。約束を忘れることもある。でも、疎まれていないなら殺されたりはしない。だから大丈夫だ」

「こ、殺され……」

　安心させようとしたらしい彼の言葉に、セシリアは激しく衝撃を受けた。

　いくら誕生日を忘れられたからといって、さすがに両親から危害を加えられるなんて思わない。

　でもアルヴィンの口調はあまりにも淡々としていて、まるで自分の体験談を語っているかのようだ。いや、実際そうなのかもしれない。自分と同じような年頃で、そこまで達観しているなんて普通ではありえない。

「それに暴力を振るわれたり食事をもらえなかったりって、普通に虐待よね？　間違いなく通報案件だわ」

そんな言葉を口にした途端、ふいに前世の記憶が蘇った。

（あれ、わたし……。わたしって、誰だっけ）

虐待とか通報とか、十歳のセシリアにとっては知らない言葉だ。混乱した思考のまま、両手を広げて眺めてみる。

視界に映るのは、子供の小さな手のひら。でも蘇った記憶は、今とはまったく違う姿で生きてきた人生だった。年齢も違う、黒髪の女性の姿が浮かぶ。

（ええと、わたしの名前は……）

上嶋蘭《かみしまらん》。享年二十九歳。車で出勤中に、多重事故に巻き込まれて死んでしまったらしい。

まだ人生も半ばで恋人もいないままだったのは残念だが、今さら悔やんでも仕方がない。だってこれは、前世の記憶なのだから。

（こんなことが、現実に起こるなんて。まるでゲームや小説みたい）

まさか自分の身に起こるとは思わなかったが、どうやら本当に異世界転生をしてしまったようだ。

困惑したまま、自分の今の容姿を思い浮かべる。

滑らかな手触りの美しいストロベリーブロンド。まだ幼いながらも、きめ細やかな白い肌。透明な輝きを持つエメラルドのような瞳。顔立ちも人形のように整っている。

今はとてもかわいらしい印象だが、大人になればより完成された美しさになるだろう。

(今のわたしって、とんでもなく美少女では?)

さらに両親の顔や住んでいる屋敷などを思い出してみると、間違いなく高位の貴族だ。

(お父様はブランジーニ公爵……。公爵家? 美少女で公爵令嬢だなんて、もしかして今世は勝ち組?)

セシリア・ブランジーニ。

この名前に、なんだか聞き覚えがある気がする。

それに、ここはとても不思議な世界だった。

服装や身分制度などを見ると中世のヨーロッパ風だが、魔法というものがある。さすがにパソコンとか車はないが生活はとても便利で、文明が発展しているから食文化も豊かだ。調味料や嗜好品《しこうひん》もそれなりに揃《そろ》っている。

（この世界って、なんだかゲームの世界みたい）

そう思った途端、ゲーム画面のようなものが頭に浮かぶ。

『王立魔法学園』に入学した、ヒロインのララリ。銀髪のかわいらしい少女だ。

そして、彼女を取り巻くイケメンたち。

（これって、プレイしたことのあるゲームの……）

前世の自分は根っからのゲーマーで、暇さえあればゲームばかりしていた。

ちょうどあの頃お気に入りだったのが恋愛系ゲームで、貴族の血を持つ者しか魔法を使うことができないという設定だった。

ヒロインのララリ・エイターは、庶民として町で暮らしていた。十五歳のときに母親が亡くなり、その遺言で父親が貴族だったことを知る。

なんとか捜し当てた父親は、ララリが魔力を持っていることがわかると、すぐに彼女を正式に娘として迎えた。

ゲームの舞台であるシャテル王国では、貴族でも魔力を持っていない者が増えていた。だから魔力のある庶子は、魔力を持たなかった嫡子よりも優先される。

エイター男爵家の娘として迎えられた一年後に、ララリは王立魔法学園に入学することになる。そこからゲームは彼女をヒロインにスタートするのだ。

（うん。たしかそういうストーリーだった）

内容を思い出しながら、目を閉じる。

たしか攻略対象とされるキャラクターは、五人ほどいたと思う。

その男たちがひとりの女性を愛し、なおかつ互いが仲よく協力関係であるなど、普通の貴族社会では考えられないことだ。

（まあ、それが成立しちゃうのが恋愛ゲームなんだけど……）

攻略対象は誰だったのか思い出してみる。

ひとり目は王太子。ふたり目は騎士団長の息子。攻略した覚えはあるが、残念ながら詳細は思い出せない。

三人目の魔導師団長の息子も、四人目の神官も同じく。

五人目は、なんとセシリアの異母兄《あに》であるユージン・ブランジーニ。

（お兄様、攻略キャラだったのね）

ユージンとセシリアは、母親が違う。祖父が決めた政略結婚だったらしく、父は兄の母が病気で亡くなるとすぐにセシリアの母を妻に迎えた。

亡くなった義兄母は魔力が弱かったらしく、残念ながら兄はそんな母に似てしまい、この王国で一番強いという父の魔力は受け継がれなかった。

そしてゲームでは、自分よりも遥《はる》かに魔力の強い妹——ヒロインのララリをいじめる〝悪役令嬢〟のセシリアに馬鹿にされて常に悩んでいた。

(そう。その悪役令嬢がわたし……)

セシリア・ブランジーニである。

公爵家の令嬢で、シャテル王国では父に次ぐ強い魔力を持っている。

さらに、攻略対象である王太子の婚約者だ。そのせいか、ヒロインをいじめるシーンがとにかく多かった気がする。

(まさか、その悪役令嬢に転生していたなんて)

彼女は十歳で魔力を暴走させ、一般市民を傷つけていた。

そのときはまだ幼く、魔力の制御が不充分だったことから、一週間ほど修道院で過ごすだけで許された。だが、その間に両親と兄から愛されていなかったことを知り、次第に傲慢でわがままな性格になっていく。

そんな彼女に疲れた王太子は、次第にララリに惹かれていくのだ。セシリアはそれが許せず、ララリを殺害しようと画策した。

恋愛系のゲームならよくあるシナリオかもしれない。

「大丈夫か？」

心配そうに問われて、我に返る。顔を上げると、アルヴィンがこちらを覗《のぞ》き込んでいた。

（う、うわぁ……。美少年ヤバい。ものすごい破壊力……）

セシリアから見ても人形のように整っている顔立ちの少年は、日本人の目線からだと言葉にできないくらいの美しさだった。その美貌の威力で、前世でプレイしたゲームの内容ばかり考えていたセシリアの思考は現実に引き戻される。

もし彼に出会わなかったら、セシリアはアルヴィンが語った衝撃的な話で前世を思い出すことはなかった。これから先に起こることも知らず、ゲームのまま悪役令嬢になっていたかもしれない。

「ありがとう、アルヴィン。あなたのおかげで助かったわ」

魔力を暴走させることもなかった。

いくら公爵令嬢でも、魔力で人を傷つけて無事ですむはずがない。あのままだとゲームと同じシナリオを辿《たど》っていたと思われる。

そう感謝を告げても、事情をまったく知らないアルヴィンは戸惑うだけだ。

「礼を言われるようなことは、なにも……」

「えっと、お父様とお母様は誕生日を忘れてしまっていても、わたしを大切にしてくれているってわかったから。だから、ありがとう」

「……そうか」

我ながら苦し紛れの言い訳だった。でもアルヴィンはそれを聞いて柔らかく微笑《ほほえ》んだ。

美少年の微笑みはあまりにも威力が強くて、美少女セシリアの中にいる平凡な日本人の上嶋蘭が衝撃を受ける。

(神々しい……。こんな美少年が痩せ細って、ひとりでいるなんて)

もしかしたら、虐待されているのではないか。

セシリアは思わずアルヴィンの手を両手でしっかりと握りしめた。

「だから今度はわたしがあなたを助けてあげる」

「セシリア?」

「つらいことは我慢しなくてもいいの。だから、わたしと一緒に行こう?」

今は同い年かもしれないが、中身は二十九歳だ。虐待されている子供を見つけたら保護しなければならない。

だが、アルヴィンは首を横に振った。

「一緒には行けない。君が困るだけだ。ひとりで早く家に帰ったほうがいい」

そう言ってくれたが、ゲームの内容を思い出してみるとセシリアも大切にされているわけではない。しかも最後には破滅エンドが待っているのだ。

父が愛しているのは母だけ。兄は自分よりも魔力の強い妹をライバル視していて、ほとんど顔を合わせることもなかった。

「困ったりしないわ。大丈夫、わたしが守ってあげるから」

セシリアは安心させるように笑顔で手を差し伸べる。

それでも、アルヴィンは承知しない。いつまでもこんなところにひとりでいては、両親が心配するだろうと案じてくれる。そんな彼の優しさと強さに、胸がじんとする。

どうやったら彼を保護できるのか、セシリアは必死に考えた。

しばらくして、憂いを帯びた顔でため息をついてみた。

「……実はわたしも、そんなに安全な身じゃないの」

「何か問題があるのか？」

予想どおり、アルヴィンはすぐに反応してくれた。

「ええ」

セシリアは頷《うなず》いた。

その優しさを利用するようで心苦しいが、彼を助けるためだ。

「わたしとお兄様はお母様が違うの。そのせいで、わたしのほうがお兄様よりも魔力が強くて。だからお兄様にとってわたしは邪魔なのよ」

兄に疎まれているかもしれない。それが不安だと伝えると、アルヴィンはセシリアに同情するように悲しげな顔をする。

「そうか。君も魔力のせいで……」

アルヴィンは呟《つぶや》くと、決意したように顔を上げる。

「わかった。困っているのなら、俺が傍《そば》にいて守ってやる」

守ると言われても承知しなかったアルヴィンは、セシリアが頼るとすぐに承知してくれた。

そんな彼だからこそ、守ってあげるという言葉は間違っていた。むしろアルヴィンは、まだこんなに小さいのに誰かを守るために戦う人だ。

セシリアはなんだか感動して、胸が熱くなる。

(守ってやるなんて言われたの、初めてかもしれない……)

ようやくその言葉を引き出したのだから、彼の気が変わらないうちに屋敷に連れていかなければ。

こうしてセシリアがアルヴィンと一緒に屋敷へ帰った日、さっそく彼を自分の守護騎士にしたいと父にねだるつもりだった。

高位の貴族の傍に仕える守護騎士はたいてい下位貴族の中から選ばれ、主《あるじ》が結婚するまで傍で守るのが仕事だ。その代わりに、守護騎士となった者は主の家名に守られる。

つまり公爵家の令嬢であるセシリアの守護騎士になれば、大抵の者は手が出せなくなる。彼の身を守ることができるし、助けてほしいと頼んだ言葉にも矛盾していない。

それに守護騎士といっても、セシリアの周囲には多くの人間がいるので彼が危険な目に遭うことはない。

素性が知れない彼を守護騎士にするなんて反対されるかもしれないが、そこは誕生日を忘れた父が悪いと拗《す》ねてごまかすつもりだった。

だが母の容態を心配していた父は、王城から帰ったあとはまっすぐにその寝室に向かい、回復するまで伝言すら受け付けてくれなかった。

普通なら盛大に祝ってもらうはずの十歳の誕生日は、綺麗さっぱり忘れられていた。

そこで、中身は成人女性であるセシリアは悟った。

父はやはり、自分に関心がないのだ。

ならば誰を傍に置こうが、セシリアの勝手である。

今のセシリアにとってこの状況は、むしろ好都合。さっそくアルヴィンを自分の守護騎士として屋敷に住まわせ、父には人を介して報告しておいた。

執事はセシリアがいつの間にかひとりの少年を連れていることに驚いた様子だったが、父には報告済みだと伝えると深く聞こうとはしなかった。

それからはアルヴィンと常に一緒にいて、食が細い彼のために料理をしたりして過ごした。そして、ときどきは同じようにあまり食欲のない母にも差し入れをした。

兄に疎まれているかもしれないと言ってアルヴィンを連れてきたが、その兄はどうやら本気で異母妹であるセシリアを憎んでいたようだ。

もちろん、表立ってつらく当たるような真似《まね》はしない。話しかければ、普通に答えてくれる。

そんな兄の秘めた憎悪に気がついたのはアルヴィンだった。もともとセシリアが兄に嫌われているかもしれないと伝えていたので、兄を警戒していたからだろう。

言われてみれば兄だってまだ子供である。その瞳の奥の憎しみまでは隠せない。

自分よりも強い魔力を持っているセシリア、そして実母が亡きあと、父の寵愛《ちょうあい》を一身に受けている継母《はは》をずっと憎んでいたのだ。

兄とふたりきりにはならないほうがいいとアルヴィンに警告され、セシリアは頷く。

（うーん、やっぱりそうだったか）

思考が前世の記憶に引っ張られると、口調も令嬢のものではなくなる。

夜になり、自分の部屋でひとりになったセシリアは、深くため息をつく。

なにも知らない十歳のセシリアにとって、兄は優しい人だった。

でもセシリアはいつか必ず、両親は自分に関心がまったくなく、兄は自分を憎んでいたと知るだろう。

そのとき、記憶のないセシリアは事実に耐えられただろうか。

（無理だわ。きっと心が壊れてしまう）

ゲームの世界で、家族さえ信じられないと知って絶望したセシリアは、やがて使用人や学園の同級生にも高慢に振る舞うようになっていく。

そうして過ごしていた十八歳のとき、身分と魔力の高さから王太子の婚約者に選ばれた。

心の底では愛を切望していたセシリアは、近い将来に家族となる彼に愛を求めるようになる。

だが、王太子は婚約者となったセシリアを愛さなかった。

彼が愛したのは、身分は低いけれど明るくて健気な男爵令嬢。

また、愛されなかった。

セシリアは現実を受け入れられず、とうとう目障りな男爵令嬢を排除しようとした。

そんなことをしたら、自分だって身の破滅だというのに。

そして案の定ゲームでは、遠く離れた修道院に送られてしまう。さらにその途中で盗賊に襲われ殺される。しかもその盗賊は、兄の手先だったのだ。

真実を知ったセシリアは、絶望の中で命を落とす。ゲームにはそんなエンディングもあった。

(ヒロインをいじめて殺害まで企んだ悪役令嬢であるわたしを、お兄様は殺したいくらい憎んでいた)

それを思い出して、思わず身を震わせる。

身内から殺されるほど憎まれる。セシリアよりも年上で、異世界で生きてきた上嶋蘭にだって、そんな経験はない。

自分自身を抱きしめるようにして肩に手を回すと、傍にいたアルヴィンに声をかけられる。

「セシリア、大丈夫か？」

「……アルヴィン」

ブランジーニ公爵家の紋章が入った騎士服を着用しているアルヴィンが、心配そうに覗き込んでいた。

やや強引に公爵家に連れてきたが、それから毎日のように手料理を振る舞っていたせいか、今ではだいぶ打ち解けていた。表情も穏やかになっている。

でも彼は自分の素性について、まったく話そうとしなかった。

だからこうして一緒に過ごしていても、彼の詳しい事情はわからないまま。アルヴィンという名前と、セシリアと同い年ということしか知らない。

ここにいるのは、セシリアに助けてほしいと懇願されたからだ。そうきっぱりと告げられ、中身は二十九歳なのに思わず惚《ほ》れてしまいそうになった。

なんと気高く凛々《りり》しい少年だろう。

それにアルヴィンの立ち振る舞いは、どう見ても庶民のものではない。他国の貴族なのかもしれないと思っている。

でも出会った当初の彼の痩せた体を思い出すと、たとえ原因がなんであれ、アルヴィンを保護できて本当によかったと思う。

きっと成長したアルヴィンは、自らの手で問題を解決する。だからそれまで傍で守ってあげたい。

「大丈夫。少し、先のことに不安を感じただけ」

そう答えると、アルヴィンはセシリアの足もとにひざまずき真剣な表情で言う。

「心配はいらない。俺が守護騎士として君を守る」

セシリアは、かろうじて崩れ落ちそうになる体を支えた。ここで少年騎士の美貌と健気《けなげ》な言葉にノックダウンされるわけにはいかない。

「ありがとう、アルヴィン。あなたを信用しているわ」

そう言って微笑む。

いろいろと困難はあるかもしれないが、彼が傍にいてくれるならきっと大丈夫だと信じていた。

第二章 わたしだけの守護騎士

アルヴィンと出会ってから、五年が経過していた。

セシリアは十五歳になり、春になったら王立魔法学園に入学する予定だ。それから十八歳になるまでの三年間、貴族の義務として魔法を学ばなくてはならない。

兄のユージンは十七歳。今度、魔法学園の三年生になる。

十歳の頃はまだ、ふたりの間にある緊迫した空気をごまかすように無邪気に兄に甘えていた。だがお互いに成長するにつれ、その関係は複雑になっている。

兄は入学と同時に学園の寮に入ったため、長期休暇でしか会わなかった。でもこれからはセシリアも同じように、学園の規則により寮に入る。

兄と顔を合わせる機会が増えるかもしれないと思うと、やはり不安だった。

なにより、学園には魔力を持った者しか入学できないので、アルヴィンと一緒にいられないのだ。

出会ってから毎日のように一緒だったアルヴィンと離れるなんて、考えられない。

「憂鬱《ゆううつ》だわ」

自分の部屋の窓から空を眺めながら、思わず呟く。

「どうした、セシリア」

背後からかけられた声に振り向くと、守護騎士のアルヴィンの姿があった。

「アルヴィン」

黒を基調とした騎士服を着た彼は、セシリアに名前を呼ばれた途端、柔らかく微笑んだ。

セシリアは思わず頬を染めて、視線を逸らす。

(うう、反則だ……。あの美少年が、こんなふうに進化するなんて……)

痩せていた体は細身のままだが、それでも騎士としての訓練に励んでいたため、あの頃とは比べものにならないくらい筋肉もついて鍛えられている。それもセシリアの手料理のおかげだと、彼は感謝を示してくれた。

背も高くなり、漆黒の黒髪は艶やかさを増して、まだ十五歳だというのに色気すら感じる。はっきり言って、直視できないレベルのイケメンなのだ。

誰にも屈せず、高潔な精神は昔のまま。ただ、幼少時に受けたと思われる虐待のせいか、他人に対して距離を置くところがある。使用人やブランジーニ公爵直属の騎士仲間にもまったく心を許さず、頑《かたくな》な態度をとっていた。

でも、セシリアの前では今のように無防備な笑顔を見せる。五年かけて、ふたりで築いてきた絆《きずな》のおかげだ。

（恐ろしいほどの破壊力なのよね、この笑顔は……）

いまだに慣れず、毎回衝撃を受けてしまうほどだ。

「なにを思い悩んでいる？　君の望みなら、俺がすべて叶《かな》えてやると言ったはずだ」

心配を隠そうともせず、彼はそう言ってセシリアに手を差し伸べた。

アルヴィンはセシリアの守護騎士だが、改まった態度や口調を守護騎士となった日に禁じた。

敬語を使われるとなんだか距離を感じて寂しかったたし、彼とは主従ではなく対等な関係でいたい。公爵令嬢としては異端だが、セシリアに関心のない両親がそれを咎《とが》めるはずもない。

「春になったら学園に入学しなくてはならないから、少し不安になっただけよ」

セシリアの魔力はかなり強い。十歳のときにはもう同い年の王女に匹敵するくらいだと言われていたが、あの頃よりもさらに成長している。

だが魔力が強くなるにつれ、制御もまた難しいものになっていた。

制御する方法を学ぶために学園に入学するのだとわかっていても、やはり今のままでは不安だ。それに兄よりも魔力が強いことが知られてしまえば、周囲が騒がしくなるに違いない。

(ゲームのシナリオみたいに、魔力が強いことがわかって王太子殿下の婚約者になっちゃったらどうしよう……)

今のセシリアにはなにがあっても守ってくれるアルヴィンがいるので、ゲームのように執拗に愛を求めたりしない。それに王太子はきっとヒロインに恋をする。そんな結婚は互いに不幸になるだけだから遠慮したいところだ。

「なにが不安なんだ?」

「魔力の制御がうまくいかないことと、お兄様との関係ね」

「そうか。では、その不安を取り去ろう」

アルヴィンはそう言うと、セシリアの手首に腕輪を嵌《は》めた。

「え?」

シンプルな腕輪だったが、つけた途端、体を巡る魔力の流れがはっきりと弱くなるのがわかった。

「え? アルヴィン、これって……」

じっくりと眺めてみれば、見覚えのある腕輪だ。

「アルヴィンがいつもつけていたものだよね？」

大切なものかもしれないと今まで触れたことはなかったが、ずっと気にはなっていた。

「魔力を抑える魔導具だ。この状態なら、君の魔力は兄より少し強いだけ。学園でも目立たない」

「え？　これって魔導具なの？」

シャテル王国ではあまり魔導具が出回っていないから、そんなものがあるなんて知らなかった。

（たしかに、これなら……）

兄より少し強いくらいなら、高位の貴族の中ではむしろ平凡なほうだ。それが理由で王太子の婚約者に選ばれたりしない。

こんな夢のような魔導具があるなんて思わなかった。

「ありがとう、アルヴィン。これで学園に行く不安はなくなったわ」

嬉《うれ》しくて、思わず彼に抱きついた。アルヴィンはそんなセシリアを優しく受け止めてくれる。

「アルヴィンと三年も離れるのは不安だけど、これで頑張れそう」

「なにを言っている。俺が君をひとりにするはずがないだろう?」

「え?」

驚いてアルヴィンを見上げると、彼はセシリアに手を伸ばして苺《いちご》のような色の髪を愛《いと》しそうに撫《な》でた。

「学園には君の兄もいるのに、ひとりで行かせたりはしない」

「従者として一緒に来てくれるの? でも従者は寮だけで、学園内には入れないはずよ」

寮とはいえ、高位の貴族ならば広い部屋があてがわれるし、侍女や従者も何人か連れていく。でも使用人たちは学園に出入りできないと、厳しく定められていた。

だがアルヴィンはそれを否定する。

「守護騎士ならば、片時も離れず傍にいるのが当然だろう?」

「そうだけど……」

王立魔法学園に入学できるのは、厳密に言えば貴族だけとは限らない。でも魔力を持つ者しか入れないし、そもそも魔力を持っているのは貴族だけなのだ。たまに魔法を使える一般人が入学した事例もあるが、彼らは皆、貴族の庶子だった。

守護騎士に選ばれるのは下位貴族や、魔力を持って生まれた者ばかり。だがアルヴィンは魔力がないので、セシリアと一緒に学園には通えないはずだ。

「あ……」

そこまで考えて、セシリアはようやくこの魔力を抑える魔導具をアルヴィンがずっと身につけていたことを思い出した。

「アルヴィン……。あなたは最初から魔力を持っていたのね？」

セシリアの驚愕《きょうがく》の声に、彼はあっさり頷いた。

「そうだ。だが、この髪色からわかるかもしれないが、俺はシャテル王国の出身ではない」

彼の濡羽色《ぬればいろ》の美しい黒髪は、この国ではとても珍しい。さらに魔力を持っているのであれば、アルヴィンは他国の貴族の血を引いているということになる。

驚いたけれど、そう考えると納得してしまう。

昔から思っていたが、アルヴィンは一般人には見えない。佇《たたず》まいや動作が優雅なのだ。むしろ中身が一般人のセシリアのほうが、気を許した人の前ではつい動作や口調が崩れてしまう。

だが今はアルヴィンの出自よりも、一緒に学園に通えるかもしれないということのほうが重要だった。彼に魔力があるのなら、それが可能となる。

「アルヴィンはそれでいいの？」

ずっと傍にいてくれるのは嬉しかった。自分を憎んでいる兄がいても、ゲームでは悪役令嬢セシリアに破滅をもたらす王太子がいても、アルヴィンが傍にいてくれるなら大丈夫だと思える。

でも魔力を抑える魔導具をずっと身につけていたのだから、彼は自分に魔力があることを隠そうとしていたのではないか。

それなのに、セシリアの傍にいるために魔導具を外してしまった。

「アルヴィンに危険はないの？」

そう聞かずにはいられなかった。

魔力を持っているのならば、どの国であれ貴族の血を引いているのだと誰にでもわかる。アルヴィンは今までそれをセシリアにさえ隠していた。何度か彼の素性を尋ねたが、『迷惑をかけたくないから』と答えてくれなかったのだ。

どうやら彼の抱えている事情は、想像していたよりもずっと深刻らしい。そう思うと心配だった。

「それでもかまわない。俺にとっては、君を守るほうがずっと重要だ」

不安になるセシリアに、アルヴィンはあっさりと答えた。

「もう。そんなに簡単に。わたしはこんなに心配しているのに」

深刻な顔をすると、彼は顔を綻ばせる。

「セシリアが俺を気にかけてくれるのは嬉しいよ。だがあの学園で君を守るには、誰よりも強くなければならない。それくらいの覚悟はしている」

「大げさだわ。学園って、魔法を学ぶだけよ？」

「それだけじゃないのはセシリアも知っているだろう」

「うん……」

学園に集められたのは、貴族の血を引く者ばかり。権力を振りかざして傲慢に振る舞う者や邪魔者を始末しようとする者などがいて、過去にもたくさんの事件が起きていた。

しかも現在、学園の二年生には王太子が在籍している。

王太子妃を狙う令嬢たちにとっては、まさに正念場。どんな手段を使っても彼を射止めたいと思うだろう。

おそらくセシリアも無関係ではいられない。王太子妃に興味はなくとも、公爵令嬢という立場を勝手に危険視して敵意を向けてくる令嬢がいないとは限らない。

そんな状況だから、アルヴィンが傍にいてくれるのはとても心強い。でもそれが原因で彼の隠し事が明らかになり、その身が危険に晒《さら》されるなんて嫌だ。

「そんな覚悟はいらないわ。わたしより、もっと自分のことを考えて」

「そうはいかない。俺は君の守護騎士だ」

「あなたにそんな覚悟をさせるために、連れてきたわけじゃないわ」

守護騎士に任命したのは、アルヴィンを傍に置きたかったからだ。傷つき、孤独な瞳をしていた少年を、この手で守りたかっただけ。

「むしろ今まで君に守られてばかりだった」

声を荒らげるセシリアのストロベリーブロンドの髪に指を絡ませ、アルヴィンは目を細めた。

優しい瞳で見つめられ、セシリアは言葉を失う。

「あの日。俺はもうすべてを諦めていた。負けない、逃げるわけにはいかないと思いながらも立つ気力さえなかった」

「……アルヴィン」

出会った日の姿を思い出し、セシリアも手を伸ばして彼の腕に触れた。

衣服の下に、鍛えられた筋肉の躍動を感じる。昔はこの腕も、華奢《きゃしゃ》な少女だったセシリアと同じくらい細かった。

「疎まれていた俺を、セシリアは傍に置いてくれた。公爵家の令嬢が自ら手料理を作ってまで守ってくれた」

「……料理は、趣味だったから」

まっすぐに向けられる好意が恥ずかしくて、思わず視線を逸らしてしまう。

でも食の細いアルヴィンが心配で、どんなものなら食べられるのか毎日必死に考えていた。ずっと傍にいた彼に今さら隠せるものではなかった。

「今こうしていられるのは、すべてセシリアのおかげだ。言葉に尽くせないほど感謝している」

「……っ」

アルヴィンは指を絡ませていたセシリアの髪に、そっと唇を押し当てる。

そのしぐさがあまりにも優雅で、目が合った瞬間に笑った顔がとても綺麗で、思わず涙が零《こぼ》れそうになる。

あんなにも傷ついていた少年は今、こんなに美しい笑顔を浮かべられるようになったのだ。彼を守れてよかった。

「だから今度は俺にセシリアを守らせてくれ。さすがに守られたままでは男として情けない」

アルヴィンは、もうあの頃の儚《はかな》げな美少年ではない。

背も高く、今となっては騎士として剣の腕もかなりのものだと聞いている。さらに魔法まで使えるのだから、セシリアが心配しなくても大丈夫かもしれない。

セシリアがどんなに言葉を尽くしても、彼の心を変えるのは容易ではない。

それは五年前から知っている。

「無理は絶対にしないで。あなたが傷ついた姿だけは見たくないの」

「わかった。この体も心も、セシリアが守ってくれたものだ。粗末にするようなことはしない」

そう約束してくれて、安堵する。

「ところで、アルヴィンの魔力のことをお父様は知っているの？」

「もちろん、先に報告している。学園に通う許可も得た」

「……そう」

母以外には興味のない父なので、アルヴィンに魔力があると知ってもあまり反応しなかったに違いない。

「ええと、それじゃあ春からもよろしくね」

「ああ。俺が必ず守る。だからなにも心配しなくていい」

力強い言葉と決意に満ちた眼差しを前に、あまり頼ってはいけないと思いつつもセシリアは安堵していた。

王立魔法学園に入学するまでは、まだ二カ月ほどある。それまでにやらなければならないことは山積みだった。

シャテル王国では、よい家柄ほど魔法教育に力を入れている。だから高位の貴族は、学園に入学する前にほとんどのことを学び終えている者ばかりだと聞いていた。

セシリアにも、十歳のときから家庭教師がついている。それなのに魔力が強すぎたせいで制御がうまくできず、まだ基本的な魔法を覚えていない。

このままではブランジーニ公爵家の名に泥を塗ってしまう。アルヴィンから贈られた腕輪で魔力が弱くなっている今こそ、魔力制御を完全にして、他の令嬢たちと同じレベルまで基本的な魔力を身につけなくてはならない。

（あと二カ月。死に物狂いで頑張れば、なんとかなりそうね）

家庭教師の声をひと言も聞き漏らすまいと、授業に集中する。

魔力が強すぎて目立っても面倒だが、弱すぎて侮られるのも面倒だ。

そこそこの魔力に、高い学力。それが理想だった。だから家庭教師が帰ったあとも勉強を続けていた。

「あまり根を詰めすぎないように」

魔法書を読むセシリアの傍に座ったアルヴィンが心配そうに声をかけてきた。

今まで守護騎士として傍に付き従うだけだったアルヴィンも、魔法学園に入学することになったので、セシリアと一緒に家庭教師から学んでいる。

だがアルヴィンは、わずか二十日ほどで学園卒業レベルまでの魔法を学び終えた。

家庭教師がもう教えることはないと驚いていたほどだ。

今となっては、彼の教本はもう魔法研究者レベルになっていた。セシリアとは魔法の才能が違いすぎる。

(ここまで来ると、チートって実在していたのねって言いたくなるわ)

強い魔力に騎士としてふさわしい剣技。さらに容姿まで完璧となれば、学園でもかなり目立つに違いない。

「アルヴィン、本当に大丈夫?」

心配になって、思わず尋ねた。

「なにが?」

「このままだとアルヴィンは、学園で知らない人はいないくらい目立ってしまうわ」

「この国の貴族ではないと見た目ですぐにわかるからな。そんな男がブランジーニ公爵令嬢の守護騎士として傍にいるのだから、目立つのは仕方がない」

「あ……」

たしかに彼の言うとおりだ。でもセシリアが不安に思っているのはそれではない。

「違うの。もちろんその意味でも目立つかもしれないけれど、それはあまり心配していないわ」

シャテル王国には、他の国よりも魔力を持つ貴族が減っているという現実がある。だからこの国の貴族ではないとはいえ、ここまで強い魔力を持つアルヴィンを侮る者などいないだろう。

今は平和で、国家間の戦争など百年ほど起こっていない。だが、これからもないとは限らない。

魔法の力はとても強いものだ。アルヴィンの存在を歓迎しても、その逆はありえない。

「むしろ目立ちすぎて、アルヴィンの敵に見つからないか心配になったの」

正体は知らないが、彼に敵がいるのは知っている。だからこその心配だった。

「ああ、それなら問題ない」

あっさりと否定するアルヴィンに、セシリアはますます不安になる。

危険なことはしないと約束してくれたが、自分自身に関することだとあまりにも返事や態度が軽い気がする。

「もう、アルヴィン。ちゃんと考えて」

「考えている。だがもう、それほど重要なことではないよ」

「重要ではないって……」

軽い言葉で返され、セシリアは困り果てた。その様子に気がついたのか、彼は静かに語り出す。

「セシリア。五年前の俺は、居場所がなくなってしまうのではないかと不安だった」

「居場所？」

「ああ。生まれた国。育った家。両親。それを失ってしまったら、もう生きてはいけないと思っていた」

セシリアも、五年前のことを思い出してみる。

ひとりではなにもできない、まだ十歳の少女だった。寂しさから家出をしてみたものの、さすがにあのままひとりで生活することはできない。

「そうね。あのときのわたしでもそうだわ」

同意して頷くと、アルヴィンは言葉を続ける。

「だが今の俺は、国を出ても生きていけるし、両親などいなくてもなんの問題もない」

彼の表情はとても穏やかで、セシリアは不安や焦りが消えていくのを感じた。

「怒りや恐怖は永遠には続かない。いつしか色あせ消えていくものだ。あの日抱えていた恐怖はすべて過去のものとなった。今の俺にとって大切なのは、君を守り、今までの恩を返すことだ」

アルヴィンはもう過去を乗り越えていたのだ。それを知り、ようやくセシリアも安堵した。

「そう。だったら心配はいらないわね」

「ああ。俺の生存を知り向こうから仕掛けてくるなら対抗するが、そうでないのならもう放っておいてもいい」

それに、とアルヴィンはセシリアを見て言葉を続けた。

「俺は君の存在を隠すために、なるべく目立つ必要がある」

「え？」

その言葉の意味を理解できなくて、セシリアは首を傾《かし》げる。

「隠すって、なにを？」

「君の才能だ。あの家庭教師が無能でよかった。彼では、セシリアがどれだけ強い魔力を持っているかわからなかっただろう」

「無能って……。先生は一応、優秀な方よ？」

いきなり家庭教師の悪口を言い出したアルヴィンに戸惑い、擁護する。でもアルヴィンは眉をひそめた。

「魔法をもってしか相手の魔力を測れない者を優秀だとは言えない。だが、今回はそれが幸いだった。セシリアの魔力の強さが正しく伝われば、大変な騒ぎになっていた」

「もう、大げさよ。たしかに昔から魔力は強いかもと言われていたけれど、まだきちんと制御できないの。アルヴィンのほうがすごいわよ」

短時間で魔法の知識を身につけ、それを自在に使いこなす才能には、少しだけ嫉妬してしまう。セシリアなど、これから学園入学の日まで勉強漬けの毎日を送らなければならないというのに。

ため息交じりのセシリアの言葉に、アルヴィンは少しだけ憐《あわ》れむような目で見た。

「君の弱点は、その鈍さだな」

そう言って手を伸ばしセシリアの腕に触れる。そこには、アルヴィンから贈られた魔力を抑える腕輪が嵌められていた。

「俺がこれを身につけていたとき、魔力を感じたことがあったか？」

「……ううん。アルヴィンに魔力があるなんて全然気がつかなかったわ」

「セシリアは今、俺と同じものをつけている。だが、それでも普通の貴族よりは少し強いくらいの魔力を感じる。つまり俺よりもずっと、君の魔力は強い」

「そんなことは……」

アルヴィンの魔力は、もしかしたらシャテル王国の王族よりもある。公爵家とはいえ、ただの貴族令嬢でしかないセシリアが彼より強い魔力を持っているなんて考えられない。

でも、アルヴィンから魔力をまったく感じられなかったのは事実だ。

セシリアは手首に嵌めている腕輪を見つめる。

「これは、本当にアルヴィンがつけていたものと同じなの？」

「もちろんだ」

セシリアは混乱したまま、両手を頬に押し当てて考え込む。

いくら強い魔導師が優遇されるとはいえ、さすがに王族よりも強い魔力を持っているのは厄介でしかない。

過ぎた力は恐怖となる。忌避されるか、利用されるかのどちらかだ。アルヴィンも、強すぎる魔力のせいで疎まれたようだ。

それは初めて会ったときの様子から想像できる。

痛々しいほど痩せた体。天使のように美しかったまだ十歳の子供を、あんな状態にするなんて信じられなかった。

でも、今となっては他人事《ひとごと》ではない。あのまま学園で魔法を学んでいれば、いずれセシリアの魔力が尋常ではないと知れ渡っていただろう。

そうなったら、どうなっていたか。

(誰もが恐れをいだいて遠巻きに見て、けっして近づこうとしなかったわ)

ゲームのプレイ画面が頭に浮かぶ。

セシリアはあまりにも強すぎる魔力のせいで、王太子の婚約者となった。だが自分よりも魔力の弱い者を見下していた。

自分の兄や、王太子の妹である王女に対してもひどい態度をとっていたくらいだ。

取り巻きはいたが、当然友人と言えるような者はひとりもいなかった。

「ありがとう、アルヴィン」

自然と感謝を伝えていた。この腕輪がある限り、そんな未来はこないと確信できる。

「おかげで普通の学園生活を過ごせそうだわ」

アルヴィンは笑顔で応えたが、ふとその表情が曇った。

「……少し気になることがある」

「え？」

首を傾げて尋ねると、アルヴィンは複雑そうにセシリアを見つめる。

「セシリアの魔力は強すぎる。制御も、そのうち覚えるだろう。魔法を理解していないわけでもない。それなのになぜか魔力が馴染《なじ》んでいない」

「うん。それはわたしにもわかっている」

セシリアも不思議だった。

どんなに魔法の知識を積み重ねても、魔力の制御を覚えようとしても、なぜかうまくいかない。自分の魔力を感じることはできるが、それを自分自身のものだとなかなか実感できずにいた。

「わたしには才能がないから？」

「いや、それはない。セシリアには間違いなく魔法の才能がある。だが、違和感があるのもたしかだ。……以前、似たような症状を訴えている者の手記を読んだ」

アルヴィンは昔から本を読むのが好きだった。

「手記？　どんな？」

「自分を異世界からの転生者である、と語っていた男のものだ」

「異世界？」

セシリアは驚いてアルヴィンを見つめた。

（まさかわたしの他にも、この世界に転生した人がいたなんて）

驚きのまま質問を重ねる。

「どんな人？　どこに住んでいるの？　その人も魔力が馴染まないと言っていたの？」

「その手記は百年ほど前に書かれたものだった。書いた人はもう亡くなっている」

「そっか……」

同じ転生者に会えるかもしれないと思ったのに、叶わない夢だった。俯くセシリアを慰めるようにアルヴィンがその背に手を添える。

「彼もまた、強い魔力を持っていたようだ。だがそれを使いこなせずいた。彼曰《いわ》く、魔法を信じられなかったそうだ」

「信じられない？」

「そうだ。彼が以前生きていた世界には魔法が存在しなかったらしい。その記憶があまりにも鮮明だったせいで、魔法を信用できなかった」

「魔法がない世界に生まれた……」

それはセシリアも同じだった。

ただ百年前と違い、マンガやゲームなどを通して魔法は身近なものになっている。

（でも心の底では信じ切れていないのかな……）

だからこそ、魔力がこの身に馴染んでいないのかもしれない。

「えっと、その人はずっと魔法を使えないままだったの？」

「いや、何年かあとには使えるようになったらしい。本当かどうかは疑わしいが、手記によるとこの世界の人間を愛し、ここで生きる決意をしたら自然と魔力が体に馴染んでいったと書かれていた」

「この世界の人間を、愛する……」

アルヴィンは、それだけで魔法を使えるようになるのか疑っている様子だ。

でもセシリアにはわかる気がする。

今でも、前世で暮らしていた日本が懐かしい。戻れるのなら戻りたいと思っている。

でも彼のように大切な人ができたら、この世界で生きる覚悟もできるかもしれない。

（そうしたらわたしも、魔法を自在に使えるようになるのかしら。もちろん破滅するのは嫌だから、相手は王太子殿下以外がいいけど）

今のセシリアは、ゲームの悪役令嬢とは大きくかけ離れている。ゲームどおりになるとは思えないが、できれば攻略対象とは関わりたくない。

魔力も抑えているし、おとなしくしていればきっと大丈夫ではないか。

「セシリアとは事情が異なるだろうが、症状はほぼ彼と同じだ。もしかしたら彼のように恋をすれば変わるかもしれない」

そう言うアルヴィンは、セシリアに前世の記憶があることを知らない。

「そうね。期待しておくわ」

だからそう答えておいた。

「誰か心当たりはいないのか？　気になる相手とか」

からかうように聞かれて、セシリアはくすくすと笑う。

「いないわよ。だって知っている年の近い異性なんて、お兄様とアルヴィンくらいよ？」

「たしかにそうだな」

アルヴィンは納得したように頷いたあと、ぽつりと呟いた。

「まだ兄と同列か」

「アルヴィン？」

「いや、それならそれでいい。勝負はこれからだ」

なんの勝負か気になったが、彼があまりにも決意に満ちた顔をしていたので、なにも言えなかった。

（とにかく今は勉強が優先ね。魔法は、これから徐々に頑張っていくしかないわね）

百年ほど前にこの世界に生きた彼のことを思いながら、セシリアは教科書を開いた。

そうしてセシリアは毎日のように勉強に励み、魔法の知識だけは完璧に身につけた。

今までならまったく制御できなかった魔力も、この腕輪のおかげで少しの間なら制御できるようになっている。

だから多少の魔法ならば、問題なく使える。

これで試験も大丈夫だと、ほっと胸を撫でおろした。

一応魔法学園にも試験があり、それに合格しないと入学することができない。

昔は試験などなかったようだ。だがこのシャテル王国では、年々貴族の持つ魔力が弱くなっている。噂《うわさ》でしかないと思っていたが、詳しく調べてみると事実らしい。

しかも間違いなく貴族なのに、まったく魔力を持たない者も生まれるようになっていた。だからこそ試験で本当に魔力があるのか、確かめる必要が出てきたようだ。

国としては、国力の低下に繋《つな》がる由々しき事態である。

そのため、魔力の強い者は愛人を何人も持つのが当たり前になっている。そして生まれた子供はたとえ庶子であろうと、魔力があればすぐに本家に引き取られていた。

セシリアの父は、国内でもトップクラスの魔力の持ち主だ。それなのに娶《めと》った妻はふたりだけで、ひとりはもう亡くなっている。

周囲からは愛人を持つようにとしきりに言われているようだが、母ひと筋の父は相手にもしていない。昔は年に何度か足を運んでいた王城にも、最近は体調不良だと偽って寄りつかなくなった。

子供の頃は、あまりにも自分に関心のない父を恨んだこともあった。

でも父はああやって常に傍にいることで母を守ってきたのだろう。父親としてはともかく、夫としては誠実な人なのかもしれない。

国内がそんな状況なので、他国から魔力の強い貴族の子を嫁や婿として受け入れている家も多数あった。

素性は不明でも、この国の王家に匹敵するほど強い魔力を持つアルヴィンは理想の婿候補だろう。ブランジーニ公爵家の守護騎士でなければ、在学中に縁談が山ほど持ち込まれていたに違いない。

（しかも魔法学にも精通していて、剣技も優れているイケメンだからね……）

だが魔力が強いというだけでつらい思いをしてきた彼を、これ以上誰かに利用させるわけにはいかない。

（大丈夫だからね、アルヴィン。わたしが守ってあげるから）

セシリアは何度も繰り返してきた誓いを、もう一度新たにする。

彼はなんといっても、ブランジーニ公爵家の令嬢であるセシリアの守護騎士だ。その肩書きだけでも、彼を守るには充分である。

（でも念のため、こうしたほうがいいよね？）

セシリアは、隣で分厚い魔法書を読んでいるアルヴィンに声をかけた。

「ねえ、アルヴィン」

「……なんだ？」

魔法書から目を離さないままアルヴィンは答えた。

守護騎士ならば主の呼びかけにはすぐさま返答するのが普通だが、こういう関係を望んだのはセシリアだ。とくに気にせず言葉を続ける。

「もうすぐ学園に入学するでしょう？　寮にも入るし、しばらくは学園での生活がすべてになるよね？」

「……ああ、そうだな」

「三年間を平穏に過ごすためにも、わたしたち、恋人同士って設定にしない？」

「え？」

ブランジーニ公爵令嬢の守護騎士という立場は彼を守ってくれる。

それでも暴走する令嬢もいるかもしれない。恐ろしいことだが、前世では既成事実を偽装してまで意中の男性を手に入れようとした女性もいた。愛のために暴走する女性がこの世界にいないとは限らない。

だがさすがにセシリアの守護騎士で、さらに恋人でもあるなら、手を出す者はいないと思いたい。

だからこその提案である。

でもアルヴィンは絶句し、手にしていた魔法書を取り落とすほど動揺していた。綺麗なスミレ色の瞳が、驚愕の色を浮かべている。

その様子に、提案したセシリアもつい慌ててしまう。

「もちろん偽装よ？　そのほうがお互いに生活しやすいから」

「偽装……か。いや、セシリアを守るためなら構わないが」

アルヴィンは魔法書を拾い、確認するようにセシリアの言葉を繰り返す。

「わたしというより、むしろアルヴィンのためかな？」

「俺の？」

「そう」

不思議そうなアルヴィンに、セシリアはこの提案の理由を説明する。

「あれからわたしなりにいろいろと調べてみたのよ。今、この国ではね、貴族でも魔法を使えない人が増えているの。焦りもあるのか、ちょっとひどい有様みたいでね」

「ああ、知っている。だからこそセシリアの魔力を抑える必要があった」

「そうね」

本来のセシリアは、今のアルヴィンよりも強い魔力を持っているようだ。国がこんな状況では、学園を卒業するよりも先に結婚させられていたかもしれない。

「わたしは、この腕輪のおかげで大丈夫。でもアルヴィンは、わたしにこれを譲ってくれたせいで魔力が強いことが知れ渡ってしまう。だから、わたしの恋人だって言えば手を出す人もいないかと思って」

腕輪の代わりに、セシリアがアルヴィンの盾になる。

「ご、ごめんね。嫌だった？」

無言のまま考え込んでいる様子の彼に、セシリアは慌てる。

よい考えだと思っていたが、さすがに恋人設定は飛躍しすぎたかもしれない。

「そんなことはない。ただ、いろいろと複雑なだけだ」

アルヴィンは大きくため息をつくと、手を伸ばしてセシリアの髪に触れた。

「いいのか？　俺と恋人同士になってしまえば、もう学園で恋はできない」

「うん。それは別にいいかなって。貴族同士の恋愛って打算的で、あまり楽しくなさそうだし」

昔のように親が勝手に婚約者を決める時代ではなくなったが、それでも相手の家柄や魔力の強さなどを考え、本人だけではなく周囲の人たちまで納得させなくてはならない。前世が普通の一般人だったからか、窮屈に感じてしまう。

それに正直、前世だって恋人はいなかったけれど、毎日充実していた。

学園を卒業するまでは、恋だの婚約だのは保留にしておいてもいい。魔力を自分の身に馴染ませるために恋をするつもりもない。そのようなことを伝えると、アルヴィンは少しの間考え込んでいたが、やがて頷いた。

「わかった。学園に入学すれば、君と俺は恋人同士だ。遠慮はしないから、覚悟してくれ」

そう言って笑った彼の顔があまりにも綺麗だったので、どきりとする。

「もちろん」

反射的にそう答えたものの、なぜか胸の動悸《どうき》はすぐに治まらなくて、セシリアはなんだか落ち着かない気持ちになっていた。

（え、覚悟って、なんの？）

それが疑問で、ちょっとだけ不安だった。

気合を入れまくって勉強をしたというのに、魔法学園の入学試験は想像以上に簡単なものだった。

筆記試験は教室で行われ、それが終わったあと、セシリアはアルヴィンと共に個室で待機していた。

高位貴族には休憩室として個室が与えられていたが、下位貴族はひとつの部屋に集まっているようだ。

「筆記試験なんて簡単すぎて、なにか裏があるのかと思ったくらい」

深読みをしまくって疲れ果てたセシリアに、アルヴィンが呆《あき》れたように笑う。

「これから学園で勉強するのに、そんな難しい問題が出るはずがないだろう？」

「それは……そうだけど」

前世の受験勉強なみに頑張ってしまっていた。

「まぁ、でも知識は無駄にならないし。むしろ三年分を先取りするくらい勉強したから、これからは実技に集中できるわね」

勉強したのは無駄ではなかったと、自分に言い聞かせる。

「筆記試験の次は魔力試験かぁ。むしろこっちを先にするべきじゃない？」

本当に魔力があるかどうかを確かめるための試験のはずだ。それなのに、先に筆記試験をするのはおかしいのではないか。

そう口にすると、アルヴィンは頷いた。

「そのとおりだが、試験があるというだけで、本当に魔力がないのなら諦めるだろう。それに、これから行われる魔力の試験には立会人がいる。後回しになったのは、その準備のためだな」

「ああ、そうだったわね」

入学試験なのに、なぜか騎士団長と魔導師団長、さらに在学中の王太子も見学に来るらしい。在校生や高位の貴族たちもわざわざ見に来ている。

誰が強い魔力を持っているのかを見定めるためだ。

それだけで、シャテル王国がどれだけ魔力の強い者を重要視しているのかわかってしまう。

（その辺りはゲームではやんわりとしか説明されていなかったけど、思っていたよりも状況は緊迫しているようね）

だからこそゲームの悪役令嬢セシリアは、勘違いをしてしまった。自分は特別な存在であり、手に入らないものはないと傲慢に振る舞い、他者を踏みにじった。

でもその先に待っているのは破滅しかない。そして力を持つ者が道を踏み外した場合、他よりも厳罰が与えられる。

結果として断罪され、修道院に送られたセシリアを庇《かば》ってくれる人は誰もいなかった。

（大丈夫。今のわたしはあんなふうにならない）

それなりの魔力しかないセシリアに追従する者などいないし、なによりも今のセシリアにはアルヴィンがいる。

彼がいれば、セシリアはけっして道を踏み外さない。もし自分がなにかをしてしまったら、守護騎士である彼も巻き添えにする可能性がある。

（そんなのは、絶対に嫌）

「セシリア、そろそろ時間だ」

「うん、行きましょう」

アルヴィンに促され、休憩室を出て試験会場に向かう。

途中で何人かの貴族とすれ違い、軽く挨拶を交わしたが、彼女たちの視線はことごとく、背後に付き従うアルヴィンに向けられている。

(うん、わかる。わたしだって初対面ならそうしていたわ)

頰を染めて俯く彼女たちに心の中で同意しながら、セシリアは会場に辿り着いた。

アルヴィンが開けてくれた扉を通って中に入る。

(わぁ……。広い)

体育館くらいの大きさのホールに、椅子がたくさん並んでいた。

後ろに受験生がいて右側には王太子や騎士団長、魔導師団長と高位の貴族たち。左側には在校生がいる。

(あ、お兄様だわ)

その中に兄の姿を見つけて、セシリアは咄嗟《とっさ》に視線を逸らした。

兄は貴族の中では珍しくがっちりとした体をしているので、かなり目立つ。背の高さはアルヴィンと同じくらいだが、体の厚みは倍以上もある。

兄もまた、あまり貴族に見えない体格を気にしている。今も大きな体を縮めるようにして椅子に座っていた。

（せっかく体格に恵まれているのだから、騎士団のほうが活躍できそうなのに）

むしろ堂々としていたほうが威厳があるだろう。

でも兄が魔法にこだわっているのは、母やセシリアの存在があるからだ。

それに、貴族に生まれて魔力を持っているにもかかわらず、魔導師ではなく騎士団に入るのは恥だと考えられている。

（魔導師も騎士も、どちらも大切な存在なのにね）

なんとも面倒な国だとセシリアはため息をつき、ホールの中央に視線を向けた。

そこには豪華な台座があり、緋色《ひいろ》のクッションの上に大きな水晶が置かれていた。

あれに手をかざして、魔力を測るらしい。

（魔力が弱い人はぼんやりと、強い人は眩《まぶ》しいくらい光るって聞いたわ）

セシリアをはじめとした受験生たちも、他の生徒の成績が気になってそわそわとしていた。

トップバッターは王女であるミルファー・シャテルのようだ。

「ミルファー王女殿下」

学園長が恭しくその名を呼ぶと、一番前に座っていた少女が立ち上がった。

女の子にしては背が高く、細身のすらりとした美人だ。茶色の艶やかな髪は肩辺りで切り揃えられ、佇まいは凛《りん》として気品がある。

（本当に同い年？　なんか、迫力が違いすぎる……）

ついそのオーラに圧倒されてしまう。

彼女はゆっくりと中央に歩み寄り、その水晶に手をかざした。淡い光が宿り、周囲を優しく照らしている。

「おお……」

「なんとすばらしい……」

周囲はざわめき、口々に王女を讃《たた》えている。

受験生たちも感嘆の声を上げていたが、もっと光り輝くと思っていたセシリアは、想像していたよりも地味な光り方に少し戸惑う。

（なんというか、常夜灯みたいな感じね）

だがそんな王女の魔力でも、この国では最上級の魔力の持ち主らしい。

魔力を抑えていない自分なら、この会場を照らすほどの光を灯《とも》すことができるという自信がセシリアにはあった。

次は王女殿下の守護騎士である、侯爵家の次男だった。金髪碧眼《へきがん》の儚い系美少年だったが、それなりに魔力はあったらしく、水晶はぼんやりと光った。

　王女よりも背の低い小柄な少年はなんともかわいらしい。だが幼年期のアルヴィンを見ているセシリアには、魔力と同じくそれなりの美少年にしか見えなかった。

「セシリア・ブランジーニ」

　そんなことを思った瞬間に名前を呼ばれ、少し上擦った声で返事をする。

「は、はい」

　どうやら身分が高い順から守護騎士と共に呼ばれているらしく、セシリアは王女に続く立場のようだ。

（うう、緊張する……）

　この腕輪がある限り大丈夫だと信じているが、それでも緊張してしまう。

「セシリア。大丈夫だ」

　震える手がしっかりと握りしめられ、顔を上げるとアルヴィンが泣きたくなるくらい優しい顔で微笑んでいた。

「俺がついている」

「……うん」

　少し頬を染めながら、セシリアはしっかりとした足取りで歩き出す。

（わたしにはアルヴィンがいる。だから、大丈夫）

そう自分に言い聞かせ、水晶の前に立った。

「大丈夫ですよ。落ち着いて」

黒縁の眼鏡をかけた白髭《しらひげ》の学園長が優しく声をかけてくれた。

「は、はい。頑張ります」

深呼吸をしてから、そっと手をかざす。

王女のものより小さいが、鮮明な白い光が水晶に宿った。

「おお、これはとても綺麗な魔力です。まだ光は小さいですが、これから伸びる可能性がありますよ」

「ありがとうございます」

学園長にお辞儀をして、席に戻った。

王女のような暖色系の光ではなく真っ白い光だったことが少し気になるが、周囲がざわめくほどではなかったので安堵する。ちらりと兄に視線を向けると、驚いたような顔をしてこちらを見つめていた。

セシリアの魔力は、兄が思っているよりも弱かったのだろう。でもこれできっと兄の敵意は軽減されるはず。

ほっとして、隣のアルヴィンを見上げる。

次はいよいよ彼の出番だった。セシリアの守護騎士としてアルヴィンの名が呼ばれると、彼はセシリアに小さく呟く。

「周囲の人間の反応をよく見ておいてくれ。それが、本来なら君に向けられていたはずの感情だ」

そう言うと、颯爽《さっそう》と歩いていく。

「アルヴィン……」

セシリアはぎゅっと両手を握りしめた。

きっとあの水晶は、まばゆい太陽のように光り輝くだろう。それを見た人々がどう反応するのか。想像しただけで胸が苦しくなる。

（アルヴィンをこんなふうに晒したくなんてないのに……）

それなのに彼は『よく見ておいてくれ』と言う。今後セシリアが学園でどう立ち回るか、誰に注意をすればいいかを見極めるために。

アルヴィンは先ほどの自分と同じように学園長と軽く言葉を交わし、水晶に向かって手を伸ばす。

その瞬間、まばゆいほどの光がほとばしり、ホール全体を明るく照らす。

アルヴィンが手を離すと、まるですべてが幻だったように光は消え去った。

痛いほどの沈黙。周囲から向けられる畏怖と警戒の視線に、アルヴィンは少しだけ寂しそうな目をする。

それは、ずっと傍にいたセシリアしか気がつかないようなわずかな変化だった。でも、それを見た途端、ずきりと胸が痛んだ。

あんなところで、いつまでも晒し者にしておくつもりはない。

「アルヴィン」

思わず立ち上がり、彼の名を呼んだ。

その声にアルヴィンは振り返って柔らかく微笑んだ。

見慣れているはずのセシリアでさえ絶句してしまうほどの極上スマイルに、緊迫していた空気が一気に変わる。

（……うん。これでいい、のかな？）

あの容姿に、あの笑顔だ。女性なら、危険だとわかっていても惹かれずにはいられないだろう。

するとアルヴィンはセシリアのもとに歩み寄ると、その足もとにひざまずいた。彼女の手を取り、甲に自分の唇を押し当てる。

それは、守護騎士が女性の主に忠誠を誓う動作。

王女殿下の守護騎士も同じ動作をしていたのを目の前で見ていたが、アルヴィンまでそうするとは思わなくて動揺する。

（ア、アルヴィン！）

彼の唇が触れた手の甲がとても熱い。

恥ずかしくて顔を上げることができなかった。

でも少し冷静になってみると、これは彼の立場を明確にするために必要な儀式だ。

アルヴィンは、ブランジーニ公爵家の娘であるセシリアの守護騎士。だから彼を手勢に取り込むことも、危険だからと排除することも容易にはできないと示せた。

（わたしが守ってあげるからね）

セシリアもアルヴィンの手をしっかりと握り返して、その手に頬を寄せる。

自分もアルヴィンに守られている。

手首に揺れる繊細な細工の腕輪を見つめながら、セシリアはそう思う。

そのあとの試験は順調に進んだ。線香花火のような小さな光ばかりだったが、全員光らせることができたようだ。

白い光だったのはアルヴィンとセシリアだけで、あとは皆、王女と同じように暖色系の光だった。

その違いがなんなのかわからなかったが、学園長が綺麗な魔力だと言ってくれたので、あまり気にしなくても大丈夫だろう。

最後に学園長は、入学試験を受けた全員が合格だと告げた。

最初に筆記試験をしたのは、この場で合否を伝えるためだったらしい。合否の結果の報告で入学試験はすべて終了し、これから新入生だけの交流会が行われる。

学園長やゲスト、そして在校生は退出して、まだぎこちない空気の新入生たちはホールに残った。

兄はちらりと視線をアルヴィンに向けたが、なにも言わずに立ち去った。

一応、アルヴィンが守護騎士として学園に通うと報告してある。だが兄も、彼がここまで強い魔力を持っているとは思わなかったのだろう。

セシリアはアルヴィンを背後に従え、少し離れてホール全体を見渡していた。新入生たちの人間関係を把握するにはよい機会だ。

男爵、子爵家の者は守護騎士がいないのでひとりだが、他は皆、守護騎士を従えている。そのまま経過を見守っていると、ばらばらだった新入生たちは次第に人の輪を作っていく。

縁戚関係や守護騎士の縁でそれがどんどん繋がっていく様子を、セシリアは静かに観察していた。

「セシリアはいいのか？」

背後のアルヴィンに尋ねられ、こくりと頷く。

「ええ。ひとりのほうが気楽だもの」

今のところ仲よくなりたいと思える人はいなかった。

それにブランジーニ公爵家の縁戚といえば、王太子や王女になってしまう。ゲームの登場人物には、なるべく近寄りたくない。

「そうだな。俺もふたりきりのほうがいい」

アルヴィンは耳もとでそう囁《ささや》くと、セシリアの髪に触れた。恋人に触れるような優しい手つきに、思わず胸が高鳴る。見上げると、セシリアを見つめていたアルヴィンと目が合った。

アルヴィンはいつだって優しい。でもこんなふうに熱を帯びた瞳で見つめられたことなど一度もない。

（アルヴィン？）

恋人のように振舞うにはまだ早いのではないかと戸惑うセシリアの背後から、声をかけてきた者がいた。

振り返ると、小柄な少女が頬を染めてこちらを見ていた。

守護騎士を連れていないので、子爵か男爵の令嬢だろう。彼女の視線はまっすぐにアルヴィンに向けられている。

「魔力測定のとき、すごかったです。わたし、感動してしまって。あんなにすごい魔力、初めて見ました」

澄んだ高い声。まっすぐな銀色の髪は、背中を覆うほど長い。白い肌に華奢な体つきが思わず守りたくなるような、かわいらしい少女だった。

この容姿は間違いなく、ゲームのヒロインであるラブリ・エイター男爵令嬢。

まさかそのヒロインが、自分から声をかけてくるとは。

彼女を見ていると、ゲームでセシリアが迎えた最期を思い出す。両親に見捨てられ、兄に殺された、哀れな〝悪役令嬢〟。

「セシリア、どうした？　気分が悪いのか？」

「あ……」

アルヴィンの声が聞こえてきて、我に返る。気がつけば、彼がひどく心配そうな顔をしてセシリアを覗き込んでいた。

「あ、あの」

「……アルヴィン」

労《いた》わるような優しい腕。セシリアを心から案じてくれている様子に、セシリアは泣きたいくらい安堵して彼の胸に顔を埋《うず》める。

何度思い返してみても、あのゲームにアルヴィンという登場人物はいない。

彼はラライの攻略対象でも彼女の仲間でもないし、モブでも隠しキャラでもない。

（アルヴィンなら大丈夫。わたしよりヒロインを優先したりしない。仲がよいふりをしてセシリアの動きを探るスパイでもない）

震えながら胸に縋《すが》るセシリアを、アルヴィンはそのまま抱き上げた。

「休憩室に移動する。そこで少し休もう」

「……うん」

素直に身を委ねて目を閉じた。

「わたしも行きましょうか？　とても具合が悪そうで、心配です」

そんなヒロインの声がしたが、アルヴィンはそれを無視して歩き出した。

まだ貴族の礼儀をなにも知らないラライは、セシリアには個室が与えられていることと、そこに自分は入れないと理解していない。

「あ、待ってください」

「君の手は必要ない」

呼び止めるララリをアルヴィンは冷たく拒絶すると、大切そうにセシリアを腕に抱きホールを出た。

ララリはアルヴィンの冷酷な態度にびくりと体を震わせ、その場に立ち尽くす。

でも、きっとすぐに誰かが慰めてくれるだろう。

(わたしとは違って、彼女はヒロインだもの……)

セシリアはララリのライバルキャラではなく、〝悪役〟だった。

ヒロインのライバルは王女のミルファーであり、彼女とララリは互いに競い、協力し合いながら成長していく。

そんなふたりを妨害するのが、〝悪役令嬢〟のセシリアだ。

このゲームは、難易度が高くて有名だった。とにかくセシリアの嫌がらせや妨害がひどくて、少しでも選択肢を間違えたら即座にバッドエンドになる。

バッドエンドはグッドエンドの三倍近い確率で、ヒロインを助けようとして攻略対象が死んでも、ライバルキャラである王女が死んでも駄目なのだ。

悪役令嬢セシリアはとにかく強く、王太子と王女が協力しても倒せない。

誰も死なせずにセシリアを修道院に入れることができれば、グッドエンド。

でもグッドエンドのあとには続きがあり、セシリアはヒロインに対する憎しみから魔族に体を乗っ取られ、この国を滅ぼそうとする。

それをヒロインは、攻略対象や仲間たちと力を合わせて倒さなければならない。

当時、恋愛ゲームをしていたはずなのに、いつの間にか本格的なＲＰＧゲームに変わっていると話題になっていた。

ちなみにヒロインが死ぬバッドエンドにも後日談があり、セシリアは修道院に向かう途中に殺害される。セシリアが見た記憶の中では、その犯人は実の兄であるユージンだった。

（どのエンディングを迎えても悪役令嬢は死んでしまう。そんなの嫌よ。ヒロインにもライバルキャラにも、攻略対象にも関わりたくない……）

この世界がゲームのものと酷似していると気がついてから、覚悟はしていた。でもこうしてヒロインを目の当たりにすると、不安で仕方がなくなる。

「セシリア……」

アルヴィンが宥《なだ》めるようにセシリアの名前を呼ぶ。

「大丈夫だ。なにがあっても俺が必ず君を守る」

だから、泣かないでくれ。

そう言われて、自分が泣いていることに気がついた。

アルヴィンは涙の理由も聞かずに、ただ優しく慰め、抱きしめてくれる。そんなことをされると、ますます涙が止まらなくなってしまうのに。

よくよく考えてみれば、今のセシリアは〝悪役令嬢〟だったセシリアとは大きくかけ離れている。

両親や兄に愛されていないことなど、もう知っている。

それでも傍には常にアルヴィンがいてくれるから、孤独ではない。

あの悪役令嬢は桁外れの魔力のせいで増長し、婚約者である王太子や王女にまで傲慢に振る舞っていた。でも今のセシリアはアルヴィンの腕輪のおかげで魔力も弱く、そのため、おそらく王太子の婚約者にはならない。

すべてアルヴィンのおかげだ。

まるでセシリアが悪役になって破滅するのを防ぐために、彼が手を貸してくれているように思える。

（どうして、わたしを助けてくれるの？）

不思議に思って彼を見上げると、アルヴィンはセシリアの視線に気がついて笑みを浮かべる。

「少し落ち着いたようだな」

「ごめんなさい。急に泣いたりして」

そっと涙を拭う。

「謝る必要はない。ただ、なにがセシリアをそんなに悲しませた？」

労わるような表情が、急に鋭さを増す。

もし誰かがセシリアを泣かせたのなら容赦はしない。そう言いたげな様子に、慌てて首を振る。

「違うの。誰かのせいってわけではなくて。ええと……」

さすがにすべてを打ち明けるには、まだ心の整理がついていなかった。

少し考えてから、セシリアはこう話すことにした。

「なんだか最近、変な夢を見てしまって。予知夢というか、これから起こることのようなの」

「予知夢？」

「ええ。さっきアルヴィンに声をかけてきたあの子も、夢に出てきたわ。夢の中のわたしはとても性格が悪くて、自分の婚約者がその子を好きになったからという理由でひどい嫌がらせを……」

「婚約者？」

立場の弱い下位貴族の令嬢に嫌がらせをしていたなんて知られたら、さすがに嫌われてしまうかもしれない。そう思っていたのに、アルヴィンが反応したのは婚約者という言葉にだった。

「セシリアに婚約者がいるのか？」

「夢の中ではいたわ」

「それは、誰だ？」

「王太子殿下よ。夢の中のわたしは魔力を隠していなかったから、強い魔力を見込まれて王太子殿下の婚約者となったの」

アルヴィンはそれを聞いて目を伏せる。

「俺は……。その夢の中でどうしていた？」

「アルヴィンはいなかったわ。その夢はきっと、アルヴィンと出会わなかったわたしが辿っていた未来よ」

自分が傍にいないと言われて、アルヴィンは切なそうに目を細める。

「その夢の結末は？」

「我ながら、自業自得としか思えない最期だったわ」

王太子の想《おも》い人を嫉妬から殺害してしまい、修道院に護送される途中で殺されたことを伝えると、アルヴィンは怒りを抑えるように両手をきつく握りしめる。

「俺が傍にいれば、セシリアをそんなふうに死なせたりしなかった」

「アルヴィン？」

まさか彼がそんな発言をするとは思わず、セシリアは驚くよりも戸惑って、握りしめられているアルヴィンの手にそっと触れる。

「夢の中のセシリアは罪人だったのよ。ひとりの女性を殺《あや》めているわ」

「たとえどんな罪を犯そうと、セシリアであることに変わりはない。むしろ王太子ともあろう者が、婚約者がいるにもかかわらず他の女性と懇意になるなど許されない」

「それは……。たしかに」

別の世界の恋愛ゲームだから仕方がないと言っても、アルヴィンには通じないだろう。だからセシリアは今の価値観に合わせて頷いた。

人の心は縛れない。でも彼は王太子という立場にもかかわらず、表立ってヒロインと交流し、好意があることを隠そうともしなかった。それがセシリアの嫉妬心を煽り、暴走してしまうきっかけとなる。

「俺には、夢の中でのセシリアだけが悪いとは思えない」

アルヴィンの言葉を聞いて、思う。

きっと今のセシリアは大丈夫だ。なにがあっても道を踏み外したりしない。

(だって、こんなにもわたしを信じて大切にしてくれるアルヴィンがいるもの)

どんな目に遭っても、この先にどんな困難が待っていたとしても、希望を失ったりはしない。

「どうしてアルヴィンは、そこまでわたしを信じて助けてくれるの?」

気がつけば、ずっと思っていたことを口にしていた。

「なにを言っている」

アルヴィンはセシリアの赤みを帯びた金色の髪に指を絡ませて笑う。

「最初に俺を助けてくれたのはセシリアだろう?　忘れてしまったのなら何度でも口にする。あのときからずっと、俺は君のものだ」

耳もとで囁くように宣言されたら、さすがにセシリアも頬を染める。

「ありがとう……」

そんなに綺麗に笑わないでほしい。

赤くなった頬を隠すようにして俯くセシリアを、アルヴィンは愛おしそうに見つめる。

その視線に気づいていながら、セシリアは恥ずかしくて思わず知らないふりをしていた。

あんなふうに見つめられると、本当に愛されているのではないかと勘違いしそうになる。なんとか平静を取り戻そうと、話題を変えた。

「もう五日後には学園生活が始まるのね」

「そうだな。おそらく魔力の強さでクラスが決められるだろうから、セシリアが王女と同じクラスになることはないだろう」

「ええ、王女殿下ならAクラスでしょうね。わたしはBかしら？」

守護騎士は個々の実力に関係なく、主と同じクラスになる。

一番強い魔力を持っているアルヴィンがセシリアと同じBクラスというのも申し訳ない気持ちになるが、当の本人はまったく気にしていなかった。

それに王女と関わりができないのなら、王太子と会う機会もないだろう。

ゲームの世界で、妹想いの王太子は学年が違うのによくAクラスに様子を見に来ていた。

（もっとも、セシリアが王女殿下を見下していたから心配で通っていたのよね）

今思えば、いくら王太子の婚約者とはいえ王女に対して許される態度ではない。

セシリアは本当に思い上がっていた。それを許してしまったのは、この国の魔力至上主義だ。

セシリアが変わったので、これから先の未来も変わる。そう信じてはいるが、心配でもある。

「不安か？」

「……少し。夢の中に出てきた人と接触するのが怖くて」

正直に打ち明けると、アルヴィンは頷いた。

「これからが心配なら、ずっと俺の後ろに隠れていろ」

「え？」

セシリアは首を傾げる。

「世間知らずで気弱なお嬢様になって、誰とも接しなければいい。俺がすべて対応する」

「そんなことできないわ。あなたを盾にするなんて」

アルヴィンの提案にセシリアは首を振った。

「俺は君の守護騎士だ。それに、セシリアも俺を守ってくれると言っただろう？」

「え？」

「恋人が常に背後に寄り添っている男に、近寄る女性はいない」

「あ……」

アルヴィンを令嬢たちから守るために、恋人同士という設定にしようと提案したことを思い出す。

たしかにヒロインのラリは、セシリアではなくアルヴィンに声をかけてきた。

でも彼は、恋愛ゲームの攻略対象ではない。だから近寄らないでほしいと強く思う。

「互いにそれが一番……なのかしら？」

「ああ、そうだ。だからセシリアは絶対に俺から離れないように」

彼はそう言うと、まだ涙の跡が残る頬に触れる。

「俺はただの守護騎士だが、学園内では身分は不問という規則がある。たとえ王太子が出てきても引き下がるつもりはない」

「……うん。でも、無理はしないでね」

こうなったら誰も近寄れないくらい、ぴったりと寄り添っていよう。それが互いを守ることに繋がるのだから。

第三章　破滅エンド回避！

数日後。セシリアはアルヴィンを連れて父の執務室に向かっていた。

魔法学園への入学が正式に決まったので、明日から学園の寮に入る。その前に、父に挨拶をしなければならなかった。

すでに侍女たちが先に寮に向かって、セシリアが暮らしやすいように部屋を整えてくれている。もちろん、守護騎士であるアルヴィンもセシリアの傍で暮らす。

これから三年間は、長期休暇を除いたほとんどの時間を寮で過ごすことになる。兄も寮で暮らしているため、しばらく屋敷には父と母だけだ。

（まぁ、お父様にしてみたら、お兄様とわたしがいなくてもお母様がいればそれでいいんでしょうね）

セシリアだってもう十五歳だ。いつまでも子供ではない。両親の仲がよいのは悪いことではないと思うようになっていた。

（でもお兄様は複雑でしょうね……）

兄は、セシリアの魔力が思ったほどではないと知った今でも自分を嫌っている。長年の確執は、そう簡単には消えない。

彼が攻略対象であるゲームの内容を思い返してみると、兄の波乱万丈な人生に同情する気持ちもある。

それでも、歩み寄りたいとは思わない。

セシリアが望むのは兄や両親との和解ではなく、アルヴィンとの平穏な生活だ。それが得られるのなら、他のものはすべて取り上げられてもかまわない。

とはいえ、恋愛ゲームをもとに作られているのだとしたら、この世界はヒロインであるラランのものだ。

そう思うと、不安になる。

（もし、どんなに頑張っても無理だったら？　ゲーム補正みたいなものが働いて、どんなに生き方を変えても破滅エンドしかないとしたら……）

どうしてもその考えが頭から離れない。

（駄目ね。あの子と会った日から、どうも心が不安定だわ）

セシリアは立ち止まった。そしてゆっくりと深呼吸をして、心を落ち着かせようとする。

「セシリア、どうした？」

背後を歩いていたアルヴィンが心配そうに覗き込んできた。

「ねえ、アルヴィン。もし未来が変えられなかったら……」

思わずそう口にしたあと、すぐに後悔する。なにも知らない彼に相談したところで、どう答えたらいいかわからないはずなのに。

「そのときは、セシリアを連れてこの国を出る」

迷う余地もなく断言したアルヴィンを、セシリアは呆然《ぼうぜん》と見上げた。

「……この国を？」

言われてみて気がついたが、ゲームの舞台はシャテル王国だけだった。つまりこの国以外はヒロインの世界ではないということになる。

（シャテル王国を出たら、ゲームの世界から逃げ出せるかもしれないの？）

逃げ場があると思った途端、先ほどまでの不安が綺麗に消えていく。

「本当に、わたしを連れて逃げてくれるの？」

我ながら単純だが、そんなことを言う余裕まで出てきた。まるで愛の逃避行だと、自分の言葉に笑ってしまう。

だがアルヴィンは、セシリアが想像もしていなかった真摯な顔で頷く。

「もちろんだ。俺はセシリアさえ無事ならそれでいい」

「そこは『俺とセシリアが』と言ってほしいわね。わたしなんか、他国にひとりで逃《のが》れても野垂れ死にするだけよ？」

「ああ、たしかにそうだな」

「納得しないでほしい」と拗ねると、アルヴィンは「本当のことだ」と笑う。

前世の記憶があるセシリアは、きっとひとりになってもなんとか生きていける。でも、隣にアルヴィンがいない生活なんて耐えられそうにない。

彼を失うかもしれないと考えると、ヒロインに破滅させられるよりも恐ろしい。

「わたしを見捨てないでね」

だから、あえてそうお願いした。これからもふたりで過ごせますようにと祈りながら。

執務中だった父は、仕事の手を止めて娘を迎え入れた。

いつものように仕事をしたままの父に一方的に話して退出するだけだと思っていたセシリアは驚いた。

こんなふうに視線を交わすことさえ、数年ぶりかもしれない。

若い頃には際立った魔力の強さと整った容貌で王国中の憧れだったという父は、壮年となった今でもその双方を保っている。

セシリアは父の前に立ち、出立の挨拶をした。

「王立魔法学園の入学試験に合格し、明日から学園の寮に入ることになりました。ブランジーニ公爵家の娘として恥ずかしくないように精一杯学んでまいります」

「しっかりと励め」

形式どおりの返事をした父は、ふとなにか言いたげに視線を逸らした。

「……魔力測定の結果を聞いた。Bクラスだったそうだな」

やがて父が口にしたのは、試験の結果の話だ。

「はい。残念ながらわたしの努力が足りず、Aクラスにはなれませんでした」

魔力に長けた公爵家の娘だというのにBクラスだったと叱られるのか。そう予想したセシリアは、すばやく謝罪の言葉を口にした。

それなのに、父がぽつりと口にした言葉は予想外のものだった。

「いや、お前の魔力がそれほど強くないと聞いて安心した」

「お父様?」

「マリアンジュが体調を崩したのは魔力が強すぎる子供を産んだせいと考えて、無意識にお前を疎んじていたようだ。だがBクラス程度の魔力しかないのなら、それは間違いだった」

すまなかった、と謝罪の言葉まで告げられて、セシリアはなにも言えずに父を見つめる。

本当に父にとって大切なのは、母のマリアンジュだけなのだ。

「いえ、そこまでお父様に想われているお母様が、少しうらやましいです」

慌ててそう答えたが、実際にはセシリアの魔力はかなり強い。

自分より魔力の強い子供を産むのは、体にかなり負担がかかると聞いたことがある。母の体調不良は間違いなく自分のせい。むしろ父の怒りは正当なものだ。

複雑な思いで父のもとを退出した。落ち込むセシリアとは裏腹に父はいつもより上機嫌のようで、アルヴィンにわざわざ「娘を頼む」などと声をかけていた。

「セシリア」

落ち込んで歩くセシリアに、アルヴィンは声をかける。

「気にする必要はない」

「でも」

「魔力が強すぎる子供は、母体を守るために守護魔法を使うらしい。だからセシリアはむしろ母親を守っていた」

「わたしが？」

セシリアは首を傾げる。

「そうだ。体調を崩しただけで生きているのだから、間違いない」

生まれる前の記憶などないから、違うとも言えない。

「それができるくらい、セシリアの魔力は強かったのだろう。だから公爵の的外れな怒りなど、まったく気にする必要はない」

セシリアを傷つけるような発言をした父に、アルヴィンは不快さを隠そうともしない。

「もう、アルヴィンったら。一応お父様はあなたの雇い主よ?」

「俺の主はセシリアだけだ」

アルヴィンはどんなときもセシリアの味方でいてくれる。

「そうね。これから三年はお父様とほとんど会わないもの。あまり気にしないわ」

ようやく笑みを浮かべると、アルヴィンはあきらかに安堵した様子だった。

(お父様もこうして、お母様のことを常に気にかけているのかしら?)

そう思って、ひとりで頬を染める。

(違う、わたしったらなにを考えているの? わたしたちは、そういうのじゃなくて……。互いに納得した上での偽装の恋人だからね)

必死に自分に言い聞かせる。

ひとりで恥ずかしがるセシリアを、隣にいたアルヴィンは慈しむように見つめていた。


王立魔法学園に隣接する学園寮は、貴族が住むだけあってとても広く、立派な建物だった。不満があるとしたら、伝統ある建物なので少々古いくらいか。

建物の東側が男性寮、西側が女性寮と分けられていて、基本的にそれぞれの棟を行き来することはできない。

セシリアにあてがわれた場所は寮の中でも広く、応接間と寝室、浴室。ふたりの侍女の寝室と、守護騎士のアルヴィンの部屋があった。

（高級ホテルのスイートルームみたいね）

最初に部屋を見たとき、セシリアはそう思った。

屋敷とは違い、学園寮では侍女も守護騎士も主と同じ場所で暮らすことになっている。セシリアはともかく、人嫌いのアルヴィンが侍女と同じ部屋で過ごせるのか少し心配していた。

（でもこれだけ広ければ、問題はないわね。寝室は別だし）

公爵家から持ち込んだ絨毯《じゅうたん》や調度品はすでに配置してあり、クローゼットには学園の制服が何着か、それと夜会やお茶会に参加するためのドレスもたくさん並んでいる。

セシリアは侍女が淹《い》れたお茶を飲んでひと息ついたあと、配布された魔法学園の教科書にゆっくりと目を通していた。

「うーん、やっぱりほとんど勉強したことばかりね」

「だから、そんなに勉強は必要ないと言っただろう?」

セシリアの部屋に設置されたソファーに、アルヴィンはラフな服装で座っていた。

彼がそうやってくつろいでいると、これからはここが自分の部屋だという実感が出てくる。

「そうよね。でもなんか受験って聞くと、頑張らなきゃって思ってしまって」

これも前世の記憶の弊害かもしれない。

「ねえ、せっかくだから今日は外で夕食を食べない? 入学したお祝いよ」

治安のよい王都では、貴族の令嬢も友人と買い物に出かけたりする。

もちろん護衛と侍女は付き添うが、守護騎士とふたりならどちらも必要ない。本当の貴族ならありえないかもしれないけれど、なにせここは恋愛ゲームの世界だ。わりと都合よくできている。

「別に構わないが、祝うようなことか？」

そう言いながらも体を起こしたアルヴィンに、もちろんだと笑う。

「だって、ひとりで入学するつもりだったのよ。三年間もふたりで一緒にいられて、とても嬉しいの」

「……そうだな。お祝いをしようか」

セシリアの言葉にふわりと柔らかく微笑んだアルヴィンは、支度をするために自分の部屋に戻った。

セシリアも町に出るのだから、もう少し動きやすい格好をしなければならない。侍女の手を借りて着替えをする。

身軽だが、かわいらしいワンピースに髪はラフにまとめて、花の形をした髪留めをつける。

アルヴィンは、セシリアの希望で守護騎士の制服ではなくシンプルな白いシャツに黒いズボン。その服装がまた、彼の整った容貌をいっそう引き立てていた。何度見ても思わず見惚れてしまうのだから、相当なものだ。

ふたりの侍女に見送られて、セシリアはアルヴィンと部屋を出た。

かう。


「どこに行く？」

「少し町を歩いて、それからパスタが食べたいわ。おいしい店があるらしいの」

「わかった」

寮の入り口にいる警備兵に外出届を提出すると、馬車は呼ばずに歩いて大通りに向かう。

長身のアルヴィンは、歩調をセシリアに合わせてゆっくりと歩いてくれた。守るように導かれ、セシリアはなんだかくすぐったいような気持ちになって笑う。

「どうした？」

「なんだかデートみたいだと思って」

「デートならもっと、それらしくしなければ」

ふいに肩を抱き寄せられて、どきりとする。

（いつの間にか、こんなに腕がたくましくなって。昔はわたしより細かったのに）

アルヴィンも十五歳になり、確実に少年から男性の体に変わってきている。少女のように可憐《かれん》だった顔立ちも、美しさはそのままで精悍《せいかん》さが加わった。

急に胸の鼓動が速くなった気がして、慌てて言い繕う。

「設定だから？」

「ああ、そうだ」

人前で肩を抱かれ髪を撫でられて、少しだけ恥ずかしい。それにこれだけの美形と寄り添って歩いていると、嫌でも注目される。

(でも、今のわたしだってそれなりの美少女。なんとか釣り合いは取れているはず)

うらやむような声は聞こえてきても、貶《おとし》めるような言葉はないのがその証拠だ。

「セシリア、覚えているか」

アルヴィンは立ち止まり、そう言った。

「え?」

「ここで、俺たちは初めて出会った」

「あ……」

十歳の頃を思い出しながら、セシリアは頷く。

「ええ、もちろんよ。アルヴィンはここに座り込んでいたわ」

「誰もが遠巻きに眺めていた俺にまっすぐ近寄ってきたのには驚いた」

「あのとき、とても寂しかったから。ひとりだったアルヴィンを仲間だと思ったのよ」

幼いセシリアは孤独で寂しくて、自分なんかいらない存在だと泣いていた。

周囲を見渡してみると、あのときと同じように町には幸せな家族が溢れている。

でも、もう孤独は感じない。セシリアの傍には、アルヴィンがいる。

「わたしはもう、寂しくないわ」

「ああ、俺もだ」

孤独だったふたりは、互いにかけがえのない存在になった。

手を繋いで、寄り添いながら歩く。その姿は、人々の群れに違和感なく溶け込んでいた。

目当ての店は、とても繁盛していた。

外にまで行列ができているのを見て、どうするかとアルヴィンが尋ねる。

「並ぶわ。楽しみにしていたもの」

ふたりは列の最後尾につき、順番を待っていた。並んでいるほとんどが若い女性かカップルだ。

当然のようにアルヴィンに視線が集中しているが、慣れているのか彼はまったく気にする様子がない。

むしろアルヴィンの目にはセシリアしか映っていない。目が合った瞬間、神々しいほどの笑みを向けられて、周囲から悲鳴に近い声が上がる。

それを見て、セシリアは自分からアルヴィンの腕を掴んで引き寄せた。甘えるように身体を密着させる。

「なにを食べようかな。デザートも評判らしいの」

「そうか。今日はお祝いだからな。好きなものをなんでも食べればいい」

「あんまり甘やかさないで。太ってしまうわ」

「そうなっても、セシリアならかわいいと思うが」

そんな甘い言葉は、恋人同士を演じているからだろうか。赤くなった頬を冷ますように、セシリアは片手でぱたぱたと顔を扇ぐ。

（もう、アルヴィンったら。本気を出しすぎよ）

男性とあまり関わりのなかったセシリアは、どうしたらいいのかわからなくなるときがある。

それでも褒められると、やっぱり嬉しい。相手がアルヴィンならなおさらだ。

ようやく順番が回ってきて、店内に入ることができた。アルヴィンに席までさりげなくエスコートされる。

着席し、おすすめのパスタとドリンク、デザートのセットを注文する。アルヴィンは肉料理とスープのセットを頼んでいた。

「わぁ、おいしそう」

クリームソースのパスタに、アイスティー。デザートには苺のシフォンケーキ。どれもおいしくて、幸せだった。

「アルヴィンのは、チキンのトマト煮込み？」

「ああ。食べるか？」

小さく切り分けた鶏肉が目の前に差し出される。思わずぱくりと食べたセシリアは、その柔らかさと味付けに感動するも、公爵家の令嬢がやっていいことではなかったと反省する。

「おいしい……。でも、はしたない、よね」

「気にするな。ここには俺たちしかいない」

周囲にはたくさん人がいるが、アルヴィンにとってはふたりきりらしい。

「そうね。うん、苺のシフォンケーキもおいしい」

せっかくのデートだ。楽しまないと損だろう。

帰り道は少し暗くなっていたから、再び手を繋いで歩く。

「おいしかったね。今度は別の料理も食べてみたいな」

「俺は、セシリアの作ってくれた料理のほうが好きだ」

「え、本当に？　わたしの料理なんて簡単なものばかりよ？」

でも愛情はたっぷりだから、とふざけて口にする。

アルヴィンはそんなセシリアを、愛しそうな眩しそうな目で見つめている。

(演技、だよね？　恋人同士のふりをしているから、わたしをそんなふうに見つめているんだよね？)

胸が高鳴って、苦しいくらいだ。自分の異性に対する免疫のなさに苦笑しながらも、セシリアは笑顔で彼の視線を受け止める。

「じゃあ、明日はなにか作るわ。なにがいい？」

「セシリアが最初に作ってくれたあれがいい」

最初の料理はなんだったか、思い出すのに少し時間がかかった。

「……チーズリゾット？　鶏肉ときのこの？」

「ああ」

「わかった。作るね」

「楽しみにしている」

そのあとは、ゆっくりと歩きながら他愛もない話をする。途中で酔っ払いが絡んできたが、アルヴィンは視線だけで男を退けた。

セシリアの守護騎士は剣技と魔力に優れ、イケメンで、しかもセシリアにだけ優しい。

最高で、最強の守護騎士だ。

そう思いながら、繋いだ手に少しだけ力を込める。この手が離れることはきっとないだろう。


寮にある自分の部屋に戻るとセシリアは、もう一度教科書を読み返し、貴族の交友関係を復習したりして過ごした。

いよいよ明日から授業だ。

落ち着かない様子のセシリアを、アルヴィンは傍で見守っている。

「そんなに緊張するものか？」

「……うん。今までは他の貴族の人たちとまったく交流していなかったから」

普通なら親がお茶会など開催して、ふさわしい家柄の子供を招待するだろう。

でも、セシリアの両親は他人にまったく興味がない。だからお茶会を開催したことはもちろん、参加したこともなかった。

しかも入学試験後の交流会では、セシリアはヒロインの存在にショックを受けて倒れてしまった。病弱で気弱な公爵令嬢だと思われているに違いない。

さらに憂鬱なのは、ヒロインであるラランが同じBクラスだったことだ。

（ヒロインはたしかAクラスだったはず。どうして今回はBなの？）

Bクラスでは、トップクラスの魔力を持つ王女殿下とライバルにはなれない。

魔力はそれなりに強いはずなので、もしかして筆記試験ができなかったのだろうか。

（去年男爵家に入ったばかりで、勉強する余裕はなかったのかもしれない。でもヒロインなんだから、もうちょっと頑張って……）

それにセシリアも、少しはゲームの知識が役立つのではないかと思っていたが、なかなか予想どおりにはいかない。

どうしたらいいのかわからずに戸惑っていた。

（ヒロインとはなるべく接触したくないのに、同じクラスだなんて……）

彼女の存在が、一番の不安要素だ。

「セシリア。なにを不安に思っている？」

思い悩んでいるセシリアに、アルヴィンが声をかける。

授業やクラスメートのことだけではないだろうと鋭く指摘され、セシリアは困ったように笑う。

「アルヴィンにはお見通し？」

「当然だ。不安があるなら言ってほしい」

「どうやって伝えたらいいのか、わからないの」

自分が転生者で、ここはゲームの世界みたいなんですとは、なかなか言えるものではない。

「すべてを話す必要はない。セシリアの不安を消すにはどうしたらいいかを教えてくれ」

困った様子のセシリアに、アルヴィンは真剣な顔で告げる。

「わたしの不安……」

不安なのは、悪役令嬢になって破滅すること。それにアルヴィンを巻き込んでしまうかもしれない恐怖。

ヒロインにはできるだけ関わりたくないが、同じクラスならなにかと接する機会もあるだろう。それに、彼女はアルヴィンに興味を持っていた。

でもアルヴィンはゲームの攻略対象ではない。ヒロインのものではないのだ。だから、彼には近寄らないでほしい。

「アルヴィンがずっと傍にいてくれたら、それでいいの」

離れないでほしいのは、心。

ヒロインなどには惑わさずに、ずっとセシリアの味方でいてほしい。アルヴィンさえいてくれたら、他の誰に嫌われてもいい。

そんな思いを込めて伝えると、彼はセシリアの不安を吹き飛ばすように優しく問い返す。

「それだけでいいのか？」

「大事なことよ。だって、わたしは公爵家の娘だけど、Bクラスの平凡な生徒でしかないわ。でもアルヴィンは違う。王女殿下さえ凌《しの》ぐ魔力を持っているのよ。ヒロイン……じゃなくて、あの子みたいに興味を持つ人がたくさんいるかもしれない」

セシリアはどんなに気をつけていても、ゲームのように悪役令嬢になってしまうかもしれないと不安になっている。

でもこうやって伝えると、まるで恋人が心変わりすることを恐れている少女のようだ。

「ええと、違うのよ。わたしが怖いのは……」

慌てて言い訳しようとするが、うまく言葉が浮かんでこない。困惑するセシリアの手を、アルヴィンは握った。

「セシリア」

腕に嵌められている腕輪を、そっとなぞる。

「これは君を守るためのものだが、君を縛る鎖ではない。もし魔力を解放したほうが有利だと思ったときは、迷わず外してほしい。セシリアは俺よりも優れた魔力を持っている。自分を貶める必要はまったくない」

「……アルヴィン」

前世や、ここがゲームに酷似した世界だと思い出してから、どうもネガティブになりすぎているようだ。

セシリアはアルヴィンの手をそっと握り返した。

「そうね。わたしらしくなかったわね。うん、もう大丈夫。ありがとう、アルヴィン」

そう言って微笑んだとき、侍女がセシリアを訪ねてきて来客を告げた。

（誰かしら？）

学園に知り合いは誰もいないはずだ。少しだけ警戒していると、もうひとりの侍女が対応している声が聞こえてきた。来客はなにか伝言をして帰ったらしい。

「セシリア様」

戻ってきた侍女は、困惑した様子でセシリアに声をかける。

「え？」

「誰だったの？」

「あの、王女殿下からお言付けが……」

先ほどの来客は、驚いたことに王女殿下の侍女だったらしい。

「王女殿下が？」

「はい。これから王女殿下がいらっしゃるそうです。セシリア様にお話があるとのことで……」

「わたしに？」

ほとんど接触のない王女がいきなり部屋を訪ねてくると聞かされ惑したが、まさか拒否するわけにはいかない。

セシリアは急いで部屋着から訪問着に着替え、王女を迎える準備を整える。

「アルヴィン、一緒にいてくれる？」

「もちろんだ」

彼もまた、守護騎士としての正装に着替えている。

黒い騎士服に、ブランジーニ公爵家の紋章が入ったマントを肩にかけた姿は、慣れているはずなのに、つい見惚れてしまうくらい似合っている。

（王女に見せたくないなぁ……）

つい、そう思う。

ヒロインのライバルだった王女のミルファーは、物静かで大人びた少女だ。悪役令嬢のセシリアの暴言も黙って聞き、むしろ憤る守護騎士を宥めていた。

とてつもない魔力を持つセシリアを怒らせるわけにはいかないとの判断だろう。自身の感情よりも、王女としての役目を優先させる。そんな王女だった。

だが今は、セシリアの魔力は王女よりも弱い。

公爵家で、しかもあの父の血を引いているにもかかわらず、Ｂクラスなのだ。ゲームのセシリアが王女を蔑んだように、王女になにか言われるかもしれないと身構えてしまう。

(自業自得よね。セシリアだって王女を散々貶めたもの)

でもそれは悪役令嬢のセシリアであって、今の自分ではない。そう考えると、どこまでが自分なのかわからなくなる。

「大丈夫だ」

きつく握りしめた両手の上に、アルヴィンの手が重なる。

「俺がいる」

「……うん」

繋いだ手から伝わるぬくもりに、心が落ち着いていく。

「後ろに隠れていればいい」

「駄目。ここはわたしの出番よ」

「そうなのか？」

アルヴィンと王女があまり接触しないように頑張らなくてはならない。

「もちろん」

そう思うと勇気がわいてきて、セシリアは力強く頷いた。

てっきり王女は守護騎士か侍女を連れてくると思っていた。だが、侍女が案内してきたのはどちらでもなかった。

彼女の背後には複数の男性がいるようだと気がついて、戸惑う。

（え？）

王女のほうも困ったようにセシリアを見ていた。

彼らは一応、部屋の入り口に立ってセシリアの許可を待っているようだ。誰かもわからないのに招き入れたくはないが、王女が連れてきた者の入室を拒絶するわけにもいかない。

「あの……」

仕方なく声をかけようとすると、その前にアルヴィンが言った。

「王女殿下おひとりと伺っておりましたが？」

彼はセシリアを庇い、静かな声でそう問いかける。

「不敬だぞ！　守護騎士ふぜいが！」

アルヴィンの態度が気に障ったのか、セシリアが許可する前に男たちは部屋の中に入ってきてしまった。

最初に怒鳴ったのは、部屋の前で待機していた男性のうちのひとりだ。

（あれはたしか王太子の側近の、騎士団長の息子ね。もうひとりは魔導師団長の息子だわ……）

そして最後のひとりは、ゲームのメインヒーローであった王太子アレク・シャテル。セシリアがヒロインの次に会いたくなかった人だ。

さらに他のふたりも攻略対象である。

アレクは金髪碧眼の王子様で、恋愛系ゲームのメインヒーローとして、誰からも好かれるような外見と穏やかな性格をしていたはずだ。

常に王太子として皆の見本になれるように努力を続けていて、それに気がついたヒロインが傍で支えてあげるというストーリーだった。

（完璧な王子様が自分にだけ本音や弱さを見せるってイベントが多かった気がする）

彼は悪役令嬢のセシリアと婚約していたから、国のためと思う気持ちとヒロインを愛する気持ちが葛藤して苦しんでいるという設定だった。

その割にはヒロインと堂々とデートをしてみたり、夜会のパートナーにヒロインを指名してみたりと、やりたい放題だった気がする。

そうしなければゲームが進まないのだから、仕様といえばそれまでかもしれない。

（でも当事者になってみると、悪役令嬢が怒っても仕方がないって思うわね）

そして今、アルヴィンに噛《か》みついているこの男は、騎士団長の息子であるダニー・マゼー。

爵位は伯爵で、剣技に優れ、いずれ父の跡を継いで騎士団長になると期待されている男だ。セシリアの兄と同じくらいたくましく、日に焼けた肌に、色あせた金色の髪。澄んだ緑色の瞳で、なかなか整った顔立ちをしている。

とにかく王太子に対する忠誠心が高く、攻略が難しいキャラクターだった。

だがヒロインに対する想いを自覚してからは一途で、ヒロインの足もとにひざまずき、剣を捧《ささ》げるシーンはそれなりに好評だったと記憶している。

イベントも、ヒロインが魔物やセシリアの手の者に襲われているところを守るといった戦闘系が多かった。

もうひとりは、魔導師団の団長の息子、フィン・アコース。

長い緋色の髪に、青い瞳。爵位は侯爵で、整った顔立ちをしたイケメンだが、ややナルシストでヤンデレ気質があり、選択肢を間違えるとヒロインを自分の屋敷に監禁してしまう。

しかもバッドエンドでは、彼はセシリアに殺されたヒロインの死体を持って行方をくらますのだ。

(なかなか癖のあるキャラクターだったわよね)

こういう人とは現実では近寄りたくないと思っていたが、残念ながら今、彼は目の前にいる。

(どうして彼らが、王女殿下と一緒にいるの?)

王太子を含めた攻略対象とは、できれば関わりを持ちたくない。それなのに一度に三人もセシリアの部屋を訪れるなんて悪夢としか言いようがない。セシリアはアルヴィンの背後に隠れ、服の裾をぎゅっと掴《つか》む。

アルヴィンは宣言どおり、王太子が相手でも引くつもりはないらしい。

一方、ダニーとフィンはいつもアレクと行動を共にするほどの忠誠心を持っている。

だから先ほどのアルヴィンの態度が許せないのだろう。

「やめろ、ダニー。了承も得ずに訪れた、こちらに非がある」

アレクがそう窘《たしな》めると、ダニーは悔しそうな顔をしながらも引き下がった。だが、代わりにフィンが前に出た。

「王太子殿下と王女殿下がいらしているのに守護騎士の背後に隠れたままの公爵令嬢も、かなり非礼だと思うけれどね」

冷笑を浮かべながら言ったフィンだったが、急に部屋の中が冷え込んだのを感じて顔を引きつらせる。

「アルヴィン、駄目よ。わたしなら大丈夫だから」

冷えた空気が急激に強まった魔力のせいだと気がつき、セシリアは慌ててアルヴィンの袖を引っ張る。

だが、アルヴィンの瞳は鋭いままだ。ダニーの挑発は聞き流していたが、セシリアを悪く言われて受け流すつもりはないらしい。

「フィン、下がれ。彼を怒らせてはいけない」

アレクは鋭い口調で命じると、すぐにセシリアに謝罪をした。

「すまなかった。あなたと話をしたかったので、妹に頼んで同行させてもらった。少し時間をくれないだろうか」

ダニーとフィンは悔しそうに目を伏せるが、勝手に挑発して王太子を謝らせたのは彼らだ。

「……わかりました」

さすがに王太子にここまで言われれば、拒絶はできない。セシリアはアルヴィンの背中から少しだけ顔を覗かせ了承した。

まさか彼らも、気弱な公爵令嬢が守護騎士の後ろから自分たちの言動を注意深く観察していたとは思わないだろう。

「セシリア、大丈夫か?」

「うん。アルヴィンがいてくれるから平気よ」

耳もとで囁いたアルヴィンに、セシリアはそう返した。

ここで追い返しても、また日を改めると言われそうで面倒だ。さっさと用件を聞いたほうがいい。

彼らには応接間にあるソファーに座ってもらい、その向かい側にアルヴィンと並んで座る。向こうは狭いかもしれないが、大勢で押しかけてきたのだ。それくらい我慢してもらおう。

セシリアはアルヴィンの手を握りしめたまま、王女のミルファーを見つめた。

「ミルファー王女殿下、わざわざお越しいただき、ありがとうございます」

「いいえ、急に訪ねたりして本当にごめんなさい」

ミルファーはセシリアに語りかける。

「交流会のあとに気分が悪そうでしたから、どうしているかと心配だったのです」

「そうでしたか。お心遣いありがとうございます」

セシリアはそう答えて感謝を示す。でも、本当に王女がセシリアを心配して部屋まで訪ねてきてくれたとは思えない。

今まで面識はなかったし、クラスも違う。新入生の中で魔力が一番高かった王女が、平均値だったセシリアをそこまで気にかける理由はない。おそらく、これは王太子がセシリアに会いに来るための口実。本当に話があるのは、きっと彼らのほうだ。

しかもセシリアではなく、アルヴィンに。

セシリアを守るために示したあまりにも強い魔力のせいで、目を付けられてしまったのか。王太子の側近が先ほどからやたらとアルヴィンを敵視していることも関係があるのかもしれない。

「………………」

沈黙が続いた。

セシリアは静かに王太子の言葉を待った。こちらから尋ねたら、またあのうるさい側近たちがなにか喚《わめ》くかもしれない。

(ゲームでは攻略対象としてそれなりに気に入っていたけど、実際に会うと駄目ね)

王太子に対する忠誠はすばらしいものだと思っていたのに、いざ目にしてみると、かなり鬱陶しい。

しかも、アルヴィンを敵視している。それだけでセシリアの印象は最悪だ。

アレクはしばらくためらっていた様子だったが、ちらりと妹のミルファーに視線を向けてから口を開いた。

「今回、無理に妹に同行したのは、君の守護騎士について相談したいことがあったからだ」

(やっぱり……)

セシリアは、アルヴィンの腕をぎゅっと握りしめる。アルヴィンはそんなセシリアを支えるようにそっと背に手を添えた。

「私も立会人のひとりとして試験を見ていたが、あの魔力は凄《すさ》まじいものだった。それを騎士団長と魔導師団長から聞いた父は、ブランジーニ公爵家の守護騎士が圧倒的な力を持っていることに危惧している」

王の懸念は、ひとつの貴族が力を持ちすぎているというだけではなさそうだ。

父はこのシャテル王国でもっとも強い魔力の持ち主だった。だがその関心は最愛の妻にだけ向けられている。

つまり父には、王家に対する忠誠など皆無なのだ。王にとって、たとえ父が公爵で王家にとっては身内に近くとも、信用できる存在ではないのだろう。

むしろブランジーニ公爵家が王家に近い血筋だという事実が、安心ではなく疑惑を抱かせているのかもしれない。その父に加えて、娘の守護騎士は王太子や王女に勝る魔力を持っている。

（国王陛下は、お父様を信じていないのね）

無理もない、と娘であるセシリアでさえ納得する。

たとえば母が人質にでもなってしまったら、父は簡単にこの国を裏切る。国どころか、兄や娘であるセシリアさえ簡単に切り捨てるかもしれない。

でもそのせいで、アルヴィンの立場が危うくなっている。

ブランジーニ公爵家が王家に逆心など抱いていないと、どうやって示せばいいのだろう。

　セシリアはアルヴィンにしがみついたまま、必死に考えを巡らせる。

　そんなセシリアに、アレクは申し訳なさそうな視線を向けていた。もしかしたら彼は、国王である父の命令に従っているだけなのかもしれない。

「一番いいのは、彼が特定の誰かの護衛騎士ではなく、国の魔導師団か騎士団に所属することだ。父は、あなたにその力にふさわしいだけの地位を与えると言っている」

「……そんな」

　アルヴィンが連れていかれてしまう。

　セシリアは王太子の言葉に青ざめたが、アルヴィンは冷静だった。

「それは不可能です」

「不可能、とは？」

　承諾でも辞退でもなく、不可能という返答にアレクは困惑していた。

「私は守護騎士になる際、公爵閣下と魔法契約を結んでいます」

「ま、魔法契約だと？」

　アルヴィンの言葉に、アレクだけではなくセシリアも含めて全員が驚きの声を上げた。

　魔法契約とは、文字どおり魔法を通して結ばれる契約のことである。事前に条件を話し合い、双方が納得した上で、互いに相手に魔法をかける。その条件次第では、互いの命まで危険に晒すようなものだ。

「まさか、守護騎士の任命で魔法契約を？」

「はい」

アルヴィンは騎士服の袖のボタンを外し、腕を露出させる。その白い手首には、ブランジーニ公爵家の紋章が浮かび上がっていた。

「なんと……」

魔法契約は、お互いが対等の立場でのみ結ばれるもの。公爵家の当主と守護騎士が結ぶようなものではない。

国王も、まさか守護騎士としての契約に用いるとは思わなかったに違いない。

だが魔法で契約が結ばれている以上、アルヴィンはセシリアの守護騎士を辞めることはできない。

「条件は……」

アレクの問いに、アルヴィンは首を横に振った。

「私の一存でお話することはできません。ただ、かなり厳しいものです」

アルヴィンは明言を避けたが、命にも関わるような契約なのだろう。

いくらその存在が脅威であったとしても、父の魔力がなければこの国の防衛に多大な影響がある。

恐ろしいが失うわけにはいかない。

それがシャテル王国にとっての父であり、アルヴィンの存在であった。

だからこそ、無理に契約を破らせることはできない。

でも父とアルヴィンが魔法契約を結んでいたなんて、セシリアにとっても初耳だ。

驚いて彼を見上げるセシリアに、彼は「あとで詳しく話す」と小さく囁く。

「その契約の内容は？」

アレクの問いに、アルヴィンは今度は即答する。

「セシリア・ブランジーニが誰からも強制されずに自分の意志で婚約者を決め、結婚するまで守護騎士として守る。そういう契約になっています」

「自分の意志……」

アルヴィンの返答に、アレクは動揺していた。もしアルヴィンが騎士団に入ることを拒めば、次に国王は王太子とセシリアの婚約を命じるつもりだったのかもしれない。

それは父とアルヴィンの間に結ばれた魔法契約によって不可能となった。

もしセシリアに結婚を強要すれば、アルヴィンと父の間に結ばれた魔法契約を破ってしまうことになる。

でもあの父がセシリアを気遣ってそんな契約を決めたとは思えない。

それにアルヴィンがセシリアの守護騎士になったのは、まだふたりが幼かったときだ。あの頃、まだアルヴィンに魔力があると父も知らなかったはず。

だからこの魔法契約は、アルヴィンがセシリアと魔法学園に通うと決めたあとに結ばれたものになる。

きっと、予知夢で王太子と婚約して最後には殺されてしまったと話したあとだ。セシリアが、誰が相手だろうと婚約を強要されないように。

（わたしを守るために？）

アルヴィンはどうして父とそんな契約を交わしたのか。父はなぜ、危険を伴う魔法契約に応じてくれたのか。

聞きたいことはたくさんあったが、彼らの目の前で問いただすわけにはいかない。

ちらりとアレクを見ると、彼はひどく困惑していた。

王太子とはいえ、アレクもまだ学生の身だ。父である国王の命令を伝えただけで、要求が通らなかった場合は考えていなかったのだろう。

「ブランジーニ公爵家は、国王陛下の御命令に逆らうつもりなのか？」

戸惑う主を手助けしようと、フィンが口を挟んだ。

たしかに向こうの提案をことごとく拒んでしまっている。そう思われても仕方がないのかもしれない。

だがアルヴィンは、それを否定する。

「いいえ。公爵閣下は、最愛の娘の身を守るために私と契約を結んだに過ぎません。このような提案があるとは、閣下も思わなかったのでしょう」

父のブランジーニ公爵が妻を心から愛していることは、この国でも有名な話だ。その大切なひとり娘の傍に最高の守護騎士を置き、さらに愛し合う自分たちのように好きな人と結ばれてほしいと願っている。

それは世間から見れば不自然ではない。

しかもセシリアは公爵家の跡継ぎではないのだから、兄よりも婚姻は自由である。むしろ娘を王太子妃にと望んでいないのだから、権力に興味を持っていない証拠とも言える。

（お父様のわたしに対する関心のなさを知っている人なら、嘘だと見抜いてしまいそうだけど）

少なくともこの面々は知らないようだ。

「ならばアレク殿下に、このままひとつの成果もなく帰れと言うのか！」

激高したのは、今度はダニーだった。

アレクはもう側近たちを止める余裕もないようで、どうしたらいいのか考え込んでしまっている。そんな中。

（王女殿下？）

セシリアは今まで兄たちの話の邪魔をしないように静観していたミルファーの瞳を覗き込んで、息を呑《の》んだ。

彼女の瞳は、ぞっとするほど冷え込んでいた。

その視線の先にいるのは、王太子アレク。見てはいけないものを見てしまったような気がして、セシリアは慌てて目を逸らした。

「それに関しては、ひとつ提案が」

アルヴィンは、ミルファーの視線に気づいていなかった。アレクに向かって、静かな声でそう告げる。

「提案？」

「はい。五年前ブランジーニ公爵閣下が辞退したことを、私にやらせていただければと」

「五年前……。まさか、王都全体に結界を張れるのか?」

信じられないと言いたげに、アレクは尋ねた。

ここではゲームの世界と同じように魔物がはびこり、人々を襲っている。ゲームの中では魔法学園の生徒も、戦闘訓練のときに魔物退治へ向かっていた。

(討伐のときにはお兄様とかダニーとか、騎士系の人々のイベントがよく起きたなぁ)

ふと、ゲームを思い出す。

どの国でも、王都には魔物の侵入を防ぐ結界が張ってある。

でもこのシャテル王国では、六年前に王都の結界を張っていた先代の王妃陛下が亡くなってから、王都を守る結界は消滅している。

もちろん、国でも彼女の代わりに結界を張れる者がいないか国中を探し回っていた。

それなのに五年前、父は自分の魔力では無理だと結界を張ることを断っている。思えば国王は、やろうともせずに断ったそのときから父の忠誠を疑っていたのかもしれない。

(そういえば……)

ゲームの中で結界を復活させたのは、ヒロインのララリだった。

彼女は王都に住まう人々を守りたいと強く願っていた。そして魔力不足で倒れてしまうまで力を出し尽くし、とうとう人々を守るための結界を張ったのだ。

そんなヒロインを助けるため、攻略対象が全員で彼女に少しずつ魔力を注ぎ、ヒロインは生命の危機を脱する。

それはとても感動するイベントだった。

もちろん、強い魔力を持っていた悪役令嬢のセシリアにも可能だった。けれど彼女は人々を守るために結界を張ったりしない。

でも今の世界の、Bクラス程度の魔力しかないヒロインでは、結界を張るのは不可能かもしれない。

それに父が断ってしまった国王の命令を、娘の守護騎士であるアルヴィンが成し遂げることができれば、ブランジーニ公爵家の忠義を示す機会になる。

「可能なのか?」

結界を復活させる。それは王家の悲願でもある。落ち着かない様子で尋ねるアレクに、アルヴィンは即答した。

「はい。もちろん簡単ではありませんが、可能だと思います」

「……そうか」

王都を守る結界がないことを気に病んでいたのか、それとも国王によい報告ができそうだからか、アレクは安堵したように頷いた。

「結界を復活すれば、国民も安心する。父も喜ぶだろう。感謝する」

アレクはそう言って立ち上がり、ミルファーも続いた。

「今日は突然押しかけてごめんなさい。明日からは同じ学園の生徒としてよろしくね」

「はい。こちらこそご心配いただき、ありがとうございました」

微笑みを浮かべるミルファーは、先ほどの冷たい瞳は幻だったのかと思うほど穏やかな顔をしていた。

(そうだよね。ゲームのセシリアがなにを言っても黙って耐えていた、あの優しい王女殿下だもの)

気のせいだったと思い直して、ふたりを見送る。

だがアレクの側近であるダニーとフィンはすぐに部屋を出ようとせず、なぜかアルヴィンを睨《にら》んでいる。

「王都に結界を張るのがどんなに大変なことなのか、わかって言っているのか？　魔導師団長である僕の父でさえ一割しか結界を作り出せない状況だ」

「まさか言い逃れのために口にしたのか？　だとしたら許さないぞ」

どうして彼らはこんなにアルヴィンを敵視しているのだろう。

王都に結界を張るのは、たしかに簡単ではない。

ゲームのヒロインだって死にかけている。でもアルヴィンは、不可能なことを言い逃れのために口にしたりしない。彼がそう言うからには、必ずできる。

（それなのに……）

思わずため息をついたセシリアに、彼らの視線が向けられる。

「そうだ。君が自分の意志でアレク殿下と婚約すればすべて解決する」

いきなりフィンが、そう言い出した。おそらく、すべては王に課せられた使命を果たせずに帰らなくてはならないアレクのためだ。

だがこちらに伸ばされたフィンの手は弾き飛ばされた。

「セシリアに触れるな」

背に庇い、ふたりの前に立ちふさがったアルヴィンは、殺気を込めた視線を向ける。

「これ以上セシリアの部屋に居座るつもりなら、強制的に排除する」

整った顔立ちの分だけ、怒ると凄《すご》みが増す。アルヴィンの迫力に彼らは途端に怖気《おじけ》づき、慌ててアレクのあとを追って部屋を出る。

「それだけ強い魔力なら、どうせお前も〝忌み子〟だろう」

部屋を出る寸前、フィンが捨てゼリフを放った。

（……忌み子？）

聞き慣れない言葉に首を傾げる。

でも、鋭い視線でふたりを威圧していたアルヴィンが少し怯《ひる》んだ。

「ふ、図星だったみたいだね。母親殺しの〝忌み子〟が守護騎士だなんて」

フィンもアルヴィンの動揺に気づいたらしく、今までの仇《かたき》とばかりにさらに言葉を重ねた。

今まで王太子相手にも怯まなかったアルヴィンが、苦しげに目を伏せる。

彼にこんな顔をさせるなんて許せなかった。気がつけばセシリアはアルヴィンの背後から飛び出し、思いきりフィンの頬を叩いていた。

「……っ」

「許さないわ。アルヴィンに、わたしの守護騎士によくも……」

異変を聞きつけたのか、アレクとミルファーが戻ってきた。

彼らは頬を押さえて立ち尽くすフィンと、アルヴィンに背後から抱きしめられたセシリアを、困惑して見つめている。

「いったいなにが……」

「アレク王太子殿下。申し訳ないが、彼らを引き取ってほしい」

どうしたらいいのかわからずうろたえるアレクに、アルヴィンが告げる。

アレクは戸惑いながらも、今はこの場を収めたほうがいいと思ったのだろう。ミルファーと共にふたりを引き連れて部屋を出ていった。

「……セシリア」

ようやく、ふたりきりになる。アルヴィンはセシリアの前にひざまずき、ずっと握りしめていたセシリアの手に触れた。

「手を痛めていないか？」

彼の顔を真正面から見た途端、涙が溢れてくる。

「許せない。わたしのアルヴィンを……。アルヴィンに、あんな顔をさせるなんて……」

アルヴィンは泣きじゃくるセシリアを、包み込むように抱きしめた。

「大丈夫だ。こうして、俺のために泣いてくれるセシリアがいる。セシリアが傍にいてくれる限り、俺が絶望することはない」

優しく穏やかな言葉と彼のぬくもりに包まれ、憤り悲しんでいたセシリアの心も少しずつ落ち着いてきた。

ようやく涙を拭いて顔を上げる。

「……ごめんなさい」

「謝る必要などない。それより困ったことがひとつある」

「え？」

するとアルヴィンは少しだけ悪戯《いたずら》っぽい笑みを浮かべる。

「今後も世間知らずで気弱なお嬢様という設定は使えるだろうか？」

「そ、それは……」

あんなに思いきり引っぱたいてしまったのだ。もしかしたら、もうこの設定は無理かもしれない。

「どうしよう？」

思わず尋ねると、アルヴィンは上機嫌で笑う。

「大丈夫だ。俺がいる。なにも心配するな」

聞きたいことがたくさんある。結界についても、もし危険なら無理はしないでほしい。

でも今はもう少しだけ、こうしてただふたりで寄り添っていたかった。

◇◇◇

コツコツとヒールの音が響き渡る。

先を歩いていたシャテル王国の王女ミルファーは、苛立《いらだ》ったような顔をして立ち止まった。

「お兄様。躾《しつけ》のできていない駄犬を連れ歩くのはおやめください。あの人を本気で怒らせてしまったら、どうするのですか？」

冷たい視線に、棘《とげ》のある言葉。

先ほどまでセシリアの前で見せていた表情とはまったく違う。

「……すまなかった」

アレクは、即座に妹の言葉に謝罪した。

「わかればいいのです。これからのお兄様の使命は、ブランジーニ公爵令嬢を誘惑すること。彼女に、自分から婚約したいと思わせるのです。いいですか？」

「だが、彼女にはあの守護騎士がついている。下手に近づくのは……」

「さりげなく、少しずつ仲よくなればいいのです。お兄様の側近のふたりは当分、遠ざけてください」

「……わかった。できる限りのことはする」

アレクがそう言うと、ミルファーはにこりと笑い兄を置いて歩き出した。

その後ろ姿を見送り、アレクは深くため息をつく。

どう考えても、ブランジーニ公爵令嬢とその守護騎士は相思相愛だ。あのふたりの間に割り込めるとは思えない。

それでも妹の命令なら、アレクは従うしかなかった。

王太子で兄である自分よりも、妹のミルファーのほうがずっと強い魔力を持っているのだから。

◇◇◇

さんざん怒って泣いて疲れ果てたセシリアは、応接間のソファーでアルヴィンに縋ったまま、いつの間にか眠ってしまっていたようだ。目を覚まして顔を上げると、アルヴィンの整った綺麗な顔がすぐ隣にあった。

「あ……」

目を覚ましたことに気がついたアルヴィンは、手を伸ばしてそっとセシリアの頬に触れる。

「少し目が赤くなっている」

痛むか、と優しく聞かれて首を振る。

「ううん、大丈夫」

泣き喚いて眠ってしまうなんて、まるで子供だ。

恥ずかしくなって俯くセシリアを、アルヴィンは背後から抱きしめる。

「アルヴィン？」

いつもとは違う、拒絶されることを恐れるような慎重な手つき。なにがあっても、彼の手を振り払うなんてありえないのに。

セシリアは、安心しきってアルヴィンに身を預ける。

「どうしたの？」

「……まだ学園生活は始まってもいないのに、いろいろあったな」

「たしかにそうね」

まさかのヒロインとの遭遇に、王太子をはじめとした攻略対象の来襲。

学園生活はこれからだというのにイベントがたくさんありすぎて、思い返すと深いため息をついてしまう。

「それにしても、王太子殿下はともかく、側近たちはどうしてあんなにアルヴィンを目の仇にしていたのかしら？」

とくにフィンはひどかった。ヤンデレでナルシストというだけでも現実では引き気味なのに、なんとかしてアルヴィンを貶め優位に立とうとしていた。

「許せないわ」と憤るセシリアに、アルヴィンはまったく気にしていない様子で穏やかに言う。

「彼は、魔導師団の団長の息子にしては魔力が弱かった。あれではBクラスどころかCクラス相当だ。期待に応えられなかった重責が彼の性格を歪《ゆが》めているのだろう」

王太子であるアレクの傍に貼りついているのも、せめて側近の地位だけは得たい思いからか。彼も必死なのかもしれない。

（ああ、そうだった。ヒロインも最初は罵られるのよね。下賤《げせん》の血が混じっている者、とか言われて）

生粋の貴族ではないのに魔力が強いヒロインをフィンは妬ましく思い、同時に眩しいほど惹かれていた。

もし彼が兄と同じような悩みを抱えているのだとしたら。

兄がセシリアを憎んだように、どんなに望んでも得られなかったものを持っているアルヴィンに対してあんな言動をしたのかもしれない。

だが彼の心理を知ったとしても、共感することなどできそうにない。誰かを貶めても欲しいものは手に入らないのだ。

できれば、もう二度と会いたくない。

（もしヒロイン目当てにわたしたちのクラスに来たらどうしよう？）

ゲームと大きくかけ離れてしまったこの世界では、これからどうなるのかまったく予測がつかない。もうヒロインとも攻略対象とも関わりたくないのに。

ふと、もうひとりの王太子の側近、ダニーを思い出した。彼もまた、ゲームと同じようにヒロインを愛するのだろうか。

（よく考えてみれば、王太子とその側近ふたりがひとりの女性を愛するって、かなり問題よね……）

それが恋愛ゲームなのだから仕方ないが、現実で起こってしまうとなかなか大変である。

「ダニーにも事情があるのかしら？」

彼はゲームの中ではもう少し落ち着いたキャラだった気がする。王太子に対する忠誠心は高かったが、いきなり相手を怒鳴りつけるような男ではなかったはずだ。

ゲームの内容と違うところを見つけるたびに、少しずつ不安が募る。

これから、この世界はどうなっていくのだろう。

「脳筋《バカ》のことまではわからないな」

悩むセシリアに、アルヴィンの返答はあっさりしたものだった。それがおかしくて、思わず声を上げて笑う。

「脳筋《バカ》って……」

「騎士には多い。それより、俺に聞きたいことはないか？」

「……たくさんあるわ。なにから聞いたらいいのか、わからないくらい」

父と交わした魔法契約。

王都の結界。

そして、フィンが言い捨てた言葉の意味。

でも最後のひとつだけは、聞いていいのかどうかわからない。きっとアルヴィンが今まで話そうとしなかった過去に関連のあることだ。

それでも、知りたいと思う。知っていれば、もっとアルヴィンの心と寄り添えるような気がする。

「なんでも聞けばいい。セシリアに話せないことはない」

ためらうセシリアを後押しするように、アルヴィンの声は穏やかだ。

「……本当に？」

「もちろんだ」

セシリアはしばらく考えたあと、自分の腰に回されているアルヴィンの腕を見た。

先ほど彼がしていたように彼の袖のボタンを外すと、白い手首に浮かび上がったブランジーニ公爵家の紋章に指を這《は》わせる。

「最初に聞きたいのは、魔法契約のことよ。いつからなの？」

「魔法学園の入学試験の日からだ。あの日は屋敷に戻ったらすぐに試験の報告をするように言われていた。そのときに、セシリアを守るために必要だからと契約を結んでもらった」

「それなのよね。お父様がわたしのために危険を伴う魔法契約を結ぶなんて信じられないわ」

父にとって大切なのは母だけなのだ。娘のセシリアは魔法契約を使ってまで守りたい存在ではない。

「そこは、公爵夫人に口添えをしてもらった」

「え、お母様に？」

思いがけない言葉に、振り返ってアルヴィンの顔を見つめた。

母はアルヴィンと面識がある。何度か母の部屋に呼び出されて、料理を作って持っていったことがあった。そのときに、あなたの守護騎士に会わせてちょうだいと言われて引き合わせた。

「お父様が許したの？」

「ああ。俺が守護騎士になってから、公爵夫人の強い希望で、ときどきセシリアの様子を報告していた。娘の様子が知りたくてたまらなかったようだ。自分の体が弱いせいでいろいろと我慢をさせてしまった。その負い目があって、娘に素直に会えないと嘆いていた」

その母にアルヴィンは、『セシリアが、政略結婚は嫌だ、とくに王太子妃には絶対になりたくないと泣いていた』と報告していた。

母は、自分が恋愛結婚であること。そして父の最初の結婚が政略結婚だったせいでつらい思いをした過去がある。

娘には恋愛で泣いてほしくない。そう父に訴えて、娘を守るために魔法契約をしてほしいと告げたという。

そんな母の願いを父が叶えないはずがない。

「ブランジーニ公爵からの条件は、セシリアが忌み子ではないこと。それは、魔力の測定試験で証明できた。実際には忌み子などではなく〝護《まも》り子〟だったが、公爵にとってはどちらでも同じだったようだ。むしろ魔力がないほうが安全だと思ったらしい」

「……っ」

ふいにアルヴィンの口から出てきた『忌み子』という言葉に、セシリアはアルヴィンを見上げた。

生まれる前に守護魔法を使ったセシリアが〝護り子〟ならば、〝忌み子〟とは母親を守れなかった子供のことを指しているのではないかと思ったのだ。

（アルヴィン……）

フィンがその言葉を口にしたときの反応を思い出すと、胸が苦しくなる。

セシリアがその言葉の意味に気づいたと知ったのか、彼はセシリアを腕の中に閉じ込めたままセシリアの髪に顔を埋める。抱きしめられているのに、まるで縋られているようだ。

彼を支えたくて守りたくて、セシリアはアルヴィンの手をぎゅっと握りしめる。

「少し話そうか」

セシリアのぬくもりに励まされたように、彼はそう言って顔を上げた。

ソファーに並んで寄り添い合ったまま、今まで語らなかった過去を少しずつ話し始めた。

「俺の生まれた家は、魔力の強い人間を多く輩出している。学園でたとえるなら、一族ほぼ全員がAクラスの力を持っているようなものだ。とくに俺の父は強かった。その実力は一族の中でも突出していたらしい」

シャテル王国でのブランジーニ公爵のような存在だったと、彼は語った。

「お父様のような……」

「公爵との共通点は、もうひとつ。自分の妻をとても愛していたことだ。父は母を愛するあまり、自分の血を分けた後継者はいらないと言っていたようだ。母を失う可能性が少しでもあるなら、そんな危険は冒したくないと」

子供の魔力が母親よりも強かったら、出産はとても危険なものとなる。

それでもアルヴィンの父は、跡継ぎを求められる立場だった。

一族が総出で説得し、アルヴィンの母も涙ながらに訴えた。母に、このままなら離縁するとまで言われ、ようやくアルヴィンの父は決意したらしい。

「魔力の強い家系だったが、今まで生まれたすべての子供が護り子だった。まさか父も、自分の子供が忌み子で、母が出産で命を落としてしまうとは思わなかったのだろう」

それはアルヴィンの父のみならず、一族の者すべての誤算だった。

淡々と話すアルヴィンの言葉に、聞いているセシリアのほうが苦しく、切なくなっていく。

「父は、母の命を奪った俺だけではなく、後継者を望んだ一族の者も許さなかった。俺は彼らと共に魔力を封じる腕輪をつけられ、城に幽閉されていた」

セシリアは自分の腕にある腕輪を見つめる。

これが、それなのか。

城はそれなりに広く、生活には不自由しない程度ではあった。だがアルヴィンは、そこでも同じように閉じ込められた親族に、幽閉された原因だとして虐げられていたのだという。

出会ったばかりの頃の、アルヴィンの姿が目に浮かんだ。

ひどく痩せていて、それでも助けを求めようともせず。むしろセシリアを守ろうとしてくれた。

「生まれる前なのに、どうして……」

セシリアは魔法で母を守ったらしいが、そんな記憶はない。生まれる前なのだから当然である。

アルヴィンが自分の母を守れなかったとしても、それは本当に彼自身が背負うべき罪なのか。生まれ落ちた瞬間から実の父に激しく憎まれていたなんて、あまりにも理不尽ではないか。

「それからどうやって、この国に？」

「母の妹である叔母が、俺を城から助け出してくれた。叔母は、姉が命懸けで産んだ甥《おい》を父に殺されたくないと言っていた。その頃にはもう、父は正気ではなかったのかもしれない」

失ったら正気を保てないほど、誰かを愛する。

愛は幸福をもたらすものだと言われているが、憎しみも生み出してしまう。それほどまで誰かを愛するのは本当に幸せなのだろうか。

もしかしたら、自分の身にも起こったかもしれない出来事だ。

父も母を愛している。

その愛は恐ろしいほどに深く、たとえセシリアが護り子でも、そのために母の体調が優れなくなったら許せないと思うほどに。

もしセシリアの魔力が父を凌駕《りょうが》するほど強いと知れば、父はアルヴィンの父のように娘を憎むだろう。

アルヴィンは、おそらくそれを知っていた。

だからセシリアの魔力を封じ、父の疑いを完全に打ち消してくれたのだ。

セシリアが、自分と同じ目に遭わないように。実の父に憎まれ、危害を加えられることがないように。

（アルヴィン……）

涙をこらえられなくて、セシリアは振り返って彼の腕の中に飛び込んだ。胸が痛くて、苦しくて、切ない。

セシリアを破滅から救ってくれるのは、いつもアルヴィンだ。

セシリアはもうゲームの悪役令嬢の道は歩まないだろう。

できるなら同じようにアルヴィンを救いたかった。

過去に戻って、昔の彼を助けてあげたい。セシリアが破滅から逃れられたように、実の父親から疎まれる過去を変えてあげたい。

でも、セシリアにはその力はない。もし過去に戻れたとしてもアルヴィンはゲームに登場していなかったから、どうすることもできない。

でもアルヴィンは、優しくセシリアの髪を撫でて慰めてくれる。

「セシリア。泣くな」

「だって……」

自分ばかりが救われて苦しい。

そう告げると、アルヴィンは笑う。なんの憂いもない、穏やかな笑顔で。

「君が俺に注いでくれた愛情が、失ったものすべてを補い、つらい思い出を過去のものにしてくれた。俺は充分に救われている。だからなにも気にするな」

ふとセシリアは、前世のことを思い出す。

自由に生きてきた。毎日のように大好きなゲームをして、自分で選んだ場所に住み、仕事もそれなりに楽しかった。充実していたし、幸せだったと思う。

でも、人との繋がりはあまりない人生だった。

両親は好きだったが、年に数回会うだけ。

先に死んでしまったのは申し訳ないし親不孝だったが、しっかりとした兄がいるので、そんなに心配していない。

仲のよい友人やゲーム仲間もいた。でも、それも職場や好きなゲームが変わると、だんだん疎遠になっていく。

恋人もいない。

離れたくなくて、会いたくて苦しくなるくらいの人はいなかった。愛しくて、切なくて、泣きたくなるような人も。

(でも、今は違う。アルヴィンと離れるなんて考えたくもない。アルヴィンはわたしの大切な……)

大切な……なんだろう。

ふたりの関係について、セシリアは目を閉じ、初めて深く考えてみる。

身内のように近しいが、兄妹のような関係ではない。友人とも違う。もっと近くて離れがたい、魂さえも共有しているかのような親密な間柄。

それなのに、適切な言葉がどうしても見つからない。

「……守りたいと思っているのに、今日の俺はセシリアを泣かせてばかりだ」

ふと、そんなアルヴィンの声が聞こえてきた。

目を開くと、彼は困り果てたような顔をしてセシリアを見つめている。

「もう泣かないわ。だからそんな顔をしないで」

にこりと微笑んでみせると、アルヴィンは安堵したように手を伸ばした。髪を撫でられ、心地よさに目を細める。

「ドレスが皺《しわ》になってしまうな。着替えたほうがいい」

「あ、そうね」

王女を迎えるために正装したままだったことを思い出す。

立ち上がろうとしたセシリアは、もうひとつ気になっていたことを思い出して、部屋を出ようとしていたアルヴィンの手を掴む。

「待って。まだ結界の話をしていなかったわ。本当に危険はないの？」

王都に結界を張るためには、かなりの魔力を必要とする。でも、父ならできるのではないかと思っていた。それなのにどうして断ったのだろう。

「お父様は五年前、どうして結界を張ることを拒んだの？」

「結界を張っていた先代の王妃陛下が、魔力を使いすぎて視力を失ってしまったからだ。公爵夫人は夫を心配して、辞退してほしいと願ったそうだ」

「視力を？」

父は王都に住んでいるたくさんの人々を守るよりも、母の願いを叶えたのだ。

それでも、単純に母を責める気にはなれなかった。セシリアだって、もし危険があるのならアルヴィンにしてほしくない。

「そんなに危険なの？　アルヴィンは大丈夫？」

ゲームの中では、ヒロインも魔力を使いすぎて昏睡《こんすい》状態になっていたはずだ。

心配でたまらなくなり、アルヴィンの手を握りしめて彼を見上げる。

「ああ、もちろん。それに普通に結界も張れるが、今回はこれを使うつもりだ」

アルヴィンは、三角形の石のようなものを取り出した。大きさは、手のひらよりも少し小さいくらい。漆黒で、表面がつるつるしている。

「これって、魔導具？」

セシリアはそっと、それに触れた。

魔導具は、シャテル王国ではあまり発展していない。アルヴィンに腕輪を贈られるまで実際に見たことがなかった。

「どうやって手に入れたの？　王都に結界が張れるほどの魔導具なら、とても高価では……」

「いや、これは結界を張る魔導具ではない。使った魔法の威力を保つものだ。公爵家の屋敷にある冷蔵室に置いてあるようなものと同じ効果だ」

「え？」

冷蔵室とは、前世にあった冷蔵庫のような部屋だ。一定の温度を保つための魔法をかけ、それを維持するために魔石を使う。でもそのときに使う魔石は小石ほどのとても小さなものだ。

「もしかしてこれって、魔導具じゃなくて魔石なの？」

こんなに大きなものは見たことがない。

アルヴィンは頷いた。

「そうだ。結界を張ったあとにそれを維持させる魔法を使う必要があるが、この魔石が維持魔法の代わりをしてくれる」

「そうだったのね」

結界魔法で一番大変なのは、威力を保つことだ。それをこの魔石が担ってくれるのなら、安心かもしれない。

セシリアはほっとして力を抜く。もし危険があるなら、なんとしても止めなくてはと思っていた。

「結界を張るときは、わたしも立ち会うわ」

「ただ結界を張って、魔石で維持させるだけだ。見ても面白くないぞ」

「アルヴィンはお父様の代わりに王都に結界を張るのよ？　わたしはきちんと見届けないと」

「わかった。必ずそうする」

強い意志を込めた瞳で宣言すると、アルヴィンは困ったように笑いながらもそれを承諾してくれた。

「今日はもう着替えて、ゆっくりと休んだほうがいい。明日から授業が始まる」

「うん。わかったわ」

アルヴィンの提案に、素直に頷く。

もう当分イベントは発生しないでほしいが、これから三年間、ヒロインと同じクラスだ。

なにが起こるかわからない。今日のところはゆっくりと休息して、明日からに控えたほうがいい。

セシリアは別室に控えていた侍女を呼び、着替えを手伝ってもらった。アルヴィンも自分の部屋に戻ったようだ。

「ふぅ……」

髪をほどいて、広い寝台の上に横たわる。

いろいろとあったせいで、思っていたよりも疲れが溜まっていたらしい。ゆっくりと意識が途切れていく。

セシリアによって救われた。そう言ってくれたアルヴィンの言葉を思い出すと、切ないほどの幸福感が胸を満たす。大切な人を守れたなんて、とても幸せなことだ。

「アルヴィン」

小さく名前を呼びながら、セシリアは眠りに落ちていった。

◇◇◇

守護騎士としてあてがわれた部屋に戻ったアルヴィンは、重厚なマントを脱ぎ捨て、煌《きら》びやかな装飾の上着も脱いで白いシャツ姿になる。

ほとんどは主であるセシリアの傍にいるため、ここは休むだけの部屋であり、物もほとんど置かれていない。

アルヴィンはそのまま寝台の上に座り、シャツのボタンを外しかけて――。急に面倒になり、仰向けに転がった。

(とりあえず、最初の危機は脱したか)

深くため息をつく。

セシリアの守護騎士を辞めるような事態には至らなかったし、なによりもセシリアが王太子との婚約を避けられた。

アルヴィンは彼女に予知夢の話を聞いてから、王太子との婚約だけは絶対に避けなければならないと決意していた。そのために、結界を張ると言ったのだ。

こちらの申し出に対する国王の返事を聞いていないが、おそらく断ることはないだろう。いまだにブランジーニ公爵に、国王から王都に結界を張れという命令が下るくらいだ。

達成感が、少しずつ疲労に変わっていく。

目を閉じると、先ほどまでこの腕に抱きしめていたセシリアの顔が浮かんだ。

フィンという男に激高した姿。自分の過去を聞き、助けたかったと涙を流してくれた姿。彼女が浮かべる感情のひとつひとつに、自分に向けられた深い愛情を感じていた。

まだ、恋ではないのだろう。それでも家族のように大切に愛してくれている。

そう思うと、心が満たされていく。

セシリアに愛を告げるのは、簡単だ。溢れそうになっているこの想いを、ただ愚直に告げればいい。

自分の壮絶な過去を知った女は、恋という感情を知らないままでも、告白を受け入れてしまうだろう。優しいセシリアが突き放せるはずがない。

セシリアは優しく慈悲深い女性だ。だが、それでは駄目なのだ。

アルヴィンは辛抱強く、セシリアが恋に目覚める日を待っていた。その前に強引な言動をとって、もしセシリアを傷つけたらと思うと恐ろしい。

父と母はたしかに愛し合っていたが、その愛は独りよがりなものだった。どちらも自分の愛に夢中で、お互いが傷つくかもしれないとは考えなかったのだろう。

愛を恨み疎んじていた自分に真実の愛を教えてくれたのは、セシリアだ。

「セシリア。愛している……」

アルヴィンはそっと目を閉じて、まだ告げることのできない言葉を呟いた。

第四章　イベントだらけの学園生活

「……うん」

セシリアは鏡の前に立ち、制服姿の自分を眺めて頷いた。

学園の中には、身分や貴族同士の確執などを持ち込んではいけないという規則がある。とはいえ実際はいろいろあるだろうと予想しているが、建前上は学園の中では全員が平等だと示すように同じ制服を着用することになっていた。

（でもこの制服って、恋愛ゲームの主人公たちが着るから、やたらとかわいいのよね）

制服というよりゴスロリ系だ。

丈の短い上着に、膨らんだ袖口にはたっぷりとレースが使われている。

胸もとにある大きなリボンの色は学年別に分けられているらしく、セシリアは赤だった。

きゅっとしまった細い腰のラインに、膨らんだスカート。スカート丈は動きやすさを考慮してか、ドレスよりは短めになっていた。

もう一度鏡を見つめると、ストロベリーブロンドの美少女がにっこりと微笑んでいた。

(さすが悪役令嬢セシリア。見た目はなかなかよね)

前世では大人びた服装ばかりだったので、まさかゴスロリ系の服が似合う日が来るなんて思わなかった。

「セシリア、そろそろ行くぞ」

「うん」

アルヴィンに声をかけられ、返事をして振り返る。

守護騎士は、学園でも守護騎士の制服を着用する決まりだ。

男性の制服を着ているアルヴィンも見てみたかったが、ブランジーニ公爵家の紋章が入った騎士服が一番彼に似合っていると思う。

ふたりの侍女に見送られて、部屋を出た。

途中、数人の学生と会ったが、互いに軽く会釈をするだけで通り過ぎていく。

学園寮から校舎までは、徒歩で五分ほどの距離である。わざわざ馬車を使う必要もない。セシリアはアルヴィンと並んで学園までの道を歩く。

生徒の通学路は、学園や寮と同じく部外者は入り込めないように警備されている。

多くの生徒がゆったりとした速度でその通路を通り、学園に向かっていた。

上級生たちにはすでに派閥ができているようで、親しげに挨拶を交わす者、陰でこっそりと悪口を言う者、挨拶をされたにもかかわらず無視をして通り過ぎる者など、さまざまな人間模様が繰り広げられていた。

（貴族社会の縮図っていうわけね。……面倒そうだわ）

いずれセシリアたち新入生も、こうした流れに巻き込まれていくのだろう。

ふたりもその人の群れに加わって、学園を目指す。

（うーん、見られているなぁ……）

周囲から痛いほどの視線を感じる。

原因はもちろん、守護騎士のアルヴィンだろう。

初対面で彼に見惚れない女性なんかいない、とセシリアは断言できる。

しかも他の生徒の守護騎士は主の後ろを歩いているのに、アルヴィンは隣に並んでおり、しかもセシリアにだけ優しい笑みを向けているのだからなおさら目立つ。

（恋人同士、の設定だからね）

自分から言い出したこととはいえ、アルヴィンの態度は徹底している。

「どうした？」

急に立ち止まったので、人の流れに巻き込まれそうになっていたらしい。アルヴィンはさりげなく肩を抱いて助け出してくれる。

「忘れ物か？」

「ううん、大丈夫。少し緊張しているのかも」

我ながらコミュ障気味かもしれないと思うが、初対面の場は苦手だ。

しかも最初の交流会のときに倒れてしまい、ヒロインとしか接触することができなかった。

「俺の後ろに隠れていれば大丈夫だ」

「まだ世間知らずで気弱な公爵令嬢って設定、使えるかな？」

王太子の側近候補を平手打ちしてしまったのだ。さすがにありえない。

「いや、問題ない」

でもアルヴィンはきっぱりと断言した。

「自分のことではなにを言われても怒らない気弱な令嬢が、標的が守護騎士になった途端、激高した。むしろ勇気を振り絞って俺を守ったようにしか見えなかった」

「それでいいの……かな？」

アルヴィンを守りたかったのは事実。でも、勇気を振り絞るどころか、かっとしてつい手が出てしまったというほうが正しい。

「事実ではなくとも、そう見える余地があれば充分だ」

「まあ、あの場には四人しかいなかったからね。うん、これから気をつければ大丈夫かな？」

「そう。誰かに話しかけられたら俺の後ろに隠れたらいい」

アルヴィンは周囲から注目されていることに気がつくと、セシリアの手を握った。

「普段はこうしていようか」

「え？　でも」

さすがに手を繋いで歩くのは恥ずかしい。

そう思ったけれど、「恋人同士という設定だから」と言い含められてしまった。

仕方なく手を繋いだまま学園に向かう。

もう二度と攻略対象とは関わらない。その決意は、校舎に辿り着く前に無駄なものになった。

なぜか校舎の前に立ちふさがる、ひとりの男の姿。

思わず足を止め、深くため息をつく。

「あれは……」

「脳筋《バカ》のほうだな」

アルヴィンもうんざりした様子だ。

(王太子やヒロインを待っている、というわけではなさそうね)

遠目から見ただけで、近寄りたくないと思わせるほどの威圧感があった。

セシリアが望んでいるのは、平穏な生活だ。攻略対象とヒロインに近寄らず、ただ静かに過ごしたい。

それなのに昨日に続いて今日もまた、イベント勃発なのか。

(ゲームだったらイベントが起こらないとつまらないし、待ち望んでいたけど……。現実では日常は平穏が一番なのね)

しかも今日は、たくさんの生徒が周囲にいる。なんとか目立たないようにしたい。

「セシリア」

ふと、耳もとで囁かれて顔を上げた。

「関わると面倒そうだ。裏門に回ろう」

「うん、そうね」

彼の提案に、セシリアも頷いた。

回避できるイベントなら、できるだけそうしたい。人の流れからこっそりと抜け、裏道を通る。

角を曲がる寸前、思わず振り返ってダニーの姿を見た。

なんだか、その姿に違和感があった。彼の周りに黒い瘴気《しょうき》が漂っているような気がする。

（あれ、なにかしら？）

もっとよく確認しようと歩みを止めた瞬間。

ダニーの視線がセシリアを捉えた。裏道に逸れたふたりを発見したらしく、猛スピードで駆け寄ってくる。

「アルヴィン！」

あまりの剣幕に恐ろしくなって、先を歩く彼の名を呼ぶと、アルヴィンはすぐに状況を察し、セシリアを背に庇った。

ダニーは帯剣していた。

学園の周囲には警備兵がいるので、たとえ守護騎士であろうと生徒の帯剣は許されていない。王族もいるのだから当然だろう。

その規則を破った場合は、国家反逆罪に問われることもある。それなのに、王太子に痛いほどの忠誠を捧げていたあのダニーが破っている。

（どうして……）

ダニーはなにかを喚きながら、とうとう剣を抜いた。

周囲の生徒たちから悲鳴が上がる。

こんなふうに大勢の前で剣を振り回してしまったら、学園を追放されるどころか、王太子の傍にもいられなくなる。

「セシリア、大丈夫だ」

動揺しているセシリアとは裏腹に、アルヴィンは冷静だった。

彼が軽く手をかざすと、ダニーは急に力が抜けたように地面にひざまずいた。その手から剣が転がり落ちる。

「なっ……。体が……」

魔法によって自由を奪われたダニーは、殺意を込めた視線をアルヴィンに向ける。

「き――」

なにか叫ぼうとしたらしいが、次の瞬間には意識も奪われて完全に沈黙する。

「アルヴィン」

セシリアはアルヴィンの背に庇われたまま小さく彼の名を呼ぶ。

ダニーが剣を持って追いかけてきたとき、多少は小競り合いになるかもしれないと覚悟していた。だが実際には、アルヴィンはその場から動いてもいない。敵の動きを止め、意識を奪う魔法を使っただけだ。

「セシリア、大丈夫か?」

「うん。少し驚いただけ。でも、彼はどうして……」

昨日、王太子の提案をすべて退けてしまったが、こちらはそれを上回る提案をしたはずだ。王都の結界の復活は、王家の悲願。それを持ち帰った王太子を国王が責めるとは思えない。

ならば、彼が暴走した理由はなんなのか。

セシリアは先ほど見えた、あの黒い瘴気のようなものを思い出していた。

どこかで見たことがあるものだ。そう、ゲームの中で――。

(もしかしてあれって、悪役令嬢セシリアが一般人を操って配下にするときの……)

ヒロインに対する嫉妬に狂い、とうとう魔族に魅入られた悪役令嬢。

彼女は学園の生徒を操り、王都を攻める。そのときに操られていた生徒たちの体は、黒い瘴気を放っていた。

でもそのイベントは、ゲームの第二部で起こるはずのもの。今はまだ、ゲームもスタートしたばかりのはずだ。

すでに魔族に魅入られた者が、この学園の中にいるのだろうか。

セシリアはアルヴィンの背に隠れたまま俯いた。

ゲームの内容を知っているが、この世界はもうゲームから大きくかけ離れてしまっている。なにが起こるかわからないだけに、不安が募っていく。

騒ぎを聞きつけた警備兵が走り寄ってきた。もしかしたら誰かが通報してくれたのかもしれない。

意識を失ったままのダニーが拘束され連行されていくのを見ても、心が落ち着かない。彼を操っていた真犯人はまだ学園の中にいると思うと恐ろしい。

「セシリア」

ふと頬にぬくもりを感じた。アルヴィンがセシリアの頬に手をかけ、心配そうに覗き込んでいる。

「すまなかった。避けるのではなく、最初から排除するべきだった」

「それは駄目よ、アルヴィン」

さすがに襲われる前に攻撃をしたら、こちらが犯罪者になってしまう。

「だが、怖かっただろう？」

労わるような優しい言葉に、セシリアの顔にも自然と笑みが浮かんだ。

「アルヴィンがいてくれたから平気よ。それに、彼はわたしに近寄ることもできなかったわ」

怖かったのはダニーではない。彼の背後にいる、得体の知れないなにかだ。

それを伝えようとしたが、警備兵が近寄ってきたのでアルヴィンの誘導どおりにその背中に隠れる。

被害者が公爵令嬢とその守護騎士だったので、警備兵は丁寧に事情を尋ねた。

セシリアは遠目からでもダニーの姿は怖かった。裏門から入ろうとしたときに彼と目が合ってしまい、急に追ってきたと話す。

さすがに襲撃された直後なので彼らは護衛を申し出てきたが、セシリアはアルヴィンがいるから大丈夫だと断った。

警備兵たちはその話を上に伝えるべく去っていく。

「部屋に戻ろう」

アルヴィンはそう言って、セシリアの手を取る。

「でも、授業は……」

今日は初日なのだ。交流会に続いて初めての授業まで欠席すると、明日からますます行きにくくなってしまう。

でも、「おそらく今日の授業は中止になるだろう」と言われて納得する。

こんな事件が起こったのだ。生徒たちの安全のためにも、今日はそれぞれの部屋で待機になるかもしれない。

せっかく袖を通した制服も、すぐに着替えることになってしまった。

侍女に事情を簡単に説明して着替えをすませ、応接間のソファーに腰を下ろした。

（今日の襲撃も、イベントだったのかなぁ……）

襲われたにもかかわらず、のんきにそう考えていられるのは、やはりアルヴィンの存在が大きい。彼は剣も使うが、大抵の敵なら先ほどのように接近さえ許さず倒せるのだ。

（でも、魔族が相手なら？　魔族は人間よりも簡単に魔法を使うし、魔力もかなり強いわ）

アルヴィンは、魔族と戦っても無事でいられるだろうか。

そう考えたとき、セシリアが先ほどから感じている不安は彼の身を案じていたからだと気がついた。

ゲームの内容はよく覚えている。

悪役令嬢セシリアの罪をすべて暴き、彼女を断罪して修道院に送るまでが、ゲームの第一部だ。だからセシリアが悪役令嬢にならなければ、第二部は始まらないと思っていた。

でも現実は、まだ第一部さえ始まったばかりだというのに、もうあの恐ろしい魔族の影を感じる。

しかも第二部は、第一部の恋愛中心の学園生活とはまったく違い、ほとんど戦闘ゲームだ。ヒロインは毎日のように魔族の配下と戦い、国中を転戦していた。仲間たちも傷つき、攻略対象ではない仲間は死なないまでも戦闘不能になってしまい、何度も入れ替わっていた。

それなのに、今のセシリアにとって仲間といえる存在はアルヴィンだけだ。

（ゲーマーとしては、その難易度の高さに燃えたわ。でも、それが現実になると……）

アルヴィンが傷ついてしまうかもしれないと思うと、たまらなく怖い。

「セシリア」

自らの肩を抱いて身を震わせたセシリアに、背後からアルヴィンが声をかける。

「少しは落ち着いたか？」

「……うん」

心配をかけたくなくて無理に頷いたが、様子が変だと見抜かれているようだ。

アルヴィンはセシリアの隣に座り、そっと手を握ってくれた。

「あの男が恐ろしかったか？」

「ううん、違うの。たしかにこっちに向かって走ってきたときは怖かったけど、すぐにアルヴィンが倒してくれたから大丈夫だったわ」

「では、なにを恐れている？」

「それは……」

セシリアが口を閉ざしてしまったのは、どうやって話したらいいのかわからなかったからだ。

自分はゲームで魔族の存在を知っている。

でもその事実をどう伝えればいいのだろう。黒い瘴気も魔族の存在もゲームで得た知識でしかない。きちんと示せるだけの根拠がない。

「大丈夫よ。ただ昨日から事件続きで少し疲れただけ」

そうごまかして笑う。アルヴィンに嘘をついたのは、初めてかもしれない。

でもセシリアが案じているのはアルヴィンのことだ。

それをうまく本人に伝える術《すべ》がないことに焦燥を覚えながらも、心配させないように取り繕うことしかできなかった。

学園は、一週間閉鎖されるようだ。

事件当時の状況が知りたいと、アルヴィンは何度も学園に呼び出されていた。

セシリアに声がかからなかったのは、襲撃のショックで寝込んでいるとアルヴィンが報告してくれたから。

だからこの日も、セシリアは自分の寝室で魔法書を読んでいた。

寝込んでいる設定なので、アルヴィンが留守のときはここにいるようにしている。

学園はまだ始まっていないが、もう学生であることには変わりはない。しっかりと勉強をして、授業の再開に備えなければならない。

ふと誰かが部屋に近づいてくる気配がして、顔を上げた。

出かけたばかりのアルヴィンではないだろう。

セシリアは侍女に対応を頼む。

アルヴィンが不在のときにひとりで誰かと会うつもりはない。だが、来客の対応に向かった侍女は困り果てた様子で戻ってきた。彼女のこんな顔を見るのは、二度目だ。

（まったく……。面倒ね）

また王女か、それとも王太子か。

セシリアはうんざりした顔をしないように気をつけて、来客が誰だったのか侍女に尋ねる。

「あの、アレク王太子殿下です。先日の事件のお詫《わ》びをしたいとおっしゃっております」

「殿下が？」

向こうの用件が謝罪ならば、会わずに帰すわけにはいかないだろう。

（アルヴィンが不在のときに来るなんて……）

仕方なく、セシリアは寝台から起き上がる。

ひとりの侍女には王太子を応接間まで案内してもらい、その間にもうひとりの侍女に急いで身支度を整えてもらう。

王太子を待たせることになるが、急に訪れた向こうにも非がある。先触れくらい出せなかったのだろうか。

ようやく正装に着替え、応接間に移動する。

そこには、ソファーに腰を下ろしてどこかぼんやりとしているアレクと、どうしたらいいかわからずに困惑している侍女の姿があった。

「お待たせしてしまい、申し訳ございません」

「いや、私のほうこそ突然訪れてすまなかった」

アレクは謝罪したあと、思い詰めたような顔をして俯く。

話をこちらから切り出すわけにもいかず、セシリアは静かに待った。

「ダニーの件はすまなかった。あれは私の責任だ」

やがてアレクは、声を振り絞ってそう告げた。

「あのあと、しばらく傍を離れるようにふたりに命じたのだ。私を思っての行動だったのかもしれないが、自分よりも高位の令嬢に敵意を剥《む》き出しにするなど許されることではない。互いに少し距離を置けば冷静になれると考えたからだ」

「………」

セシリアはため息をつきそうになり、それを押し殺す。

ダニーが暴走したのは、王太子がきちんと経緯を説明せずに、ただ傍から離したからではないか。

いろいろと問題はあるが、王太子に対する忠誠はなによりも強い男である。それを理由にセシリアとアルヴィンを逆恨みするとは思わなかったのだろうか。

でも王太子が謝罪しているのに、彼の言葉どおりだと言うわけにもいかない。

「殿下のせいではございません。わたしはアルヴィンが守ってくれて無事でしたから」

アレクは呆然とセシリアを見たあと、少し頬を染めて俯いた。

「君は優しいのだな。ダニーに襲撃されるなんて怖かっただろうに、こうして私を許してくれるとは」

「……いえ」

王太子相手に、許しませんと言える貴族がいるだろうか。そんなことを考えているうちに、彼は勝手に語り出した。

「いずれ王になる者として、臣下がもし道を誤ったら厳しく罰しなければならないとわかっている。だが、もともとは私が原因だ。それなのにダニーは、学園を追放されるだけではすまないかもしれない」

当然だと、セシリアは思う。

王族も通う学園で剣を抜いたのだ。普通に犯罪者として投獄される可能性が高い。

「臣下でもあるが、友だった。それなのに……」

「……殿下」

アレクは王太子だが、前世の自分から見ると年齢的には子供の部類。まだ心も体も不安定で、彼を支える補佐が必要なのだろう。

それでも、考えてしまう。

今のアレクよりも、十歳の頃のアルヴィンのほうがしっかりとしていた。

あのときのアルヴィンこそ保護を必要とする子供だったのに、彼は体の苦痛も心の傷もひとりで抱え込み、さらに助けてほしいと告げたセシリアを守ろうとしてくれた。

彼の過去を知ったのは、アルヴィンが自力ですべて乗り越えたあとだ。

セシリアのおかげだと彼は言ってくれたが、自分はなにもできなかった。

そんなアルヴィンを傍で見てきたせいか、アレクがとても弱々しく頼りなく見えてしまう。慰める言葉も出てこなかった。

これが王太子ルートのイベントだったのかもしれないと気がついたのは、彼が帰った直後だ。

皆の前では完璧な王太子が、ヒロインの前では弱さや本音を語る。

ヒロインはそれを慰め、支えていくうちに、ふたりの間には恋心が芽生えていくというイベントだった。

（下手に慰めなくてよかった……）

セシリアはほっとする。

出会ったときのアルヴィンを思い出さなければ、落ち込んでいる彼がかわいそうになって、つい慰めていたかもしれない。

（傍にいなくても、守ってくれたのね）

もうすぐ帰ってくるだろう彼に、王太子が訪ねてきたと話さなくてはならない。

きっと怒るだろうが、アルヴィンのおかげで大丈夫だったと伝えよう。

セシリアは緊張していた侍女を労《ねぎら》い、窮屈な正装を脱いでしまおうと立ち上がって寝室に向かった。


それから数日は、平穏な日々が続いた。

セシリアは毎日のように魔法書を読んで勉強をし、ときどきはアルヴィンのために料理を作る。

寮の食事は、一流の料理人が作ってくれとてもおいしいが、アルヴィンはセシリアの料理のほうが好きだと言ってくれた。

それが嬉しくて、ついはりきってたくさん作ってしまう。

まるで公爵家で暮らしていた頃のように、時間はゆっくりと穏やかに流れていく。

いつもの日常は、イベント続きで少し疲れていたセシリアの心を癒した。こうしてアルヴィンと静かに過ごしているのが一番幸せだと、しみじみ思う。

ただ、寮の部屋にいるので演技など必要ないはず。でもアルヴィンは用事があって出かけたあと、帰宅すると必ずセシリアを抱きしめる。

今まで姉弟《きょうだい》のように過ごしてきたのに、ふたりきりのときにまで恋人同士のように振る舞う彼に、少しだけ困惑していた。

アルヴィンと触れ合うのが嫌なわけではない。ただ、あの綺麗な顔に優しい笑みを浮かべて抱きしめられると、胸がどきどきして落ち着かなくなる。

いつか慣れるだろうか。

ちなみにダニーは学園を退学処分になったらしいが、実害を受けた者がいなかったので、地方の領地で謹慎することになったようだ。

本来なら反逆罪に問われ、貴族籍をはく奪されてもおかしくないほどの事件である。それなのに王太子は、彼が追い詰められてしまったのは自分の責任だからと、謹慎ですむように懇願したらしい。

悪い前例を作ったな、と言ったのはアルヴィンだったが、セシリアも同感だった。

ここは王太子として、側近だろうが幼い頃からの友だろうが、公私混同したりせずにきっちりと罪を償わせるべきだった。

優しいのは悪くはないが、将来の国王としての素質が問われる場面で彼は致命的な間違いを犯した。

しかもアレクの周囲には、それを指摘して諌《いさ》めてくれる者がいない。彼はこれから先、その間違いに気づき、挽回《ばんかい》することができるだろうか。

でも、あのときアレクを慰めずに送り返した自分には関わりのないことだ。

アルヴィンは自分が不在のときに王太子が訪ねてきたと聞いてから、セシリアの傍を離れなくなった。なにもなかったのだから大丈夫だと告げても駄目だった。

（おかしいわ……。わたしがアルヴィンを守るはずだったのに）

保護者のつもりが、いつの間にか過保護に守られている。

さらには学園にかけ合い、セシリアの安全のために、個人的な部屋に結界魔法を使う許可までもらってきてしまって驚いた。

それは特殊な結界で、セシリアとアルヴィン、そしてセシリアに仕えるふたりの侍女以外は、アルヴィンの許可した者しか入室できなくなる。もし彼が今回のようになんらかの理由で不在になるときは、この部屋に逃げ込めば安全のようだ。

（すごい魔法よね……）

セシリアも初めて聞いた魔法で、その効果を知ったときは驚いた。

寮の部屋に結界を張るなんてよく許可が下りたものだと思うが、セシリアが実際に襲撃を受けたことを踏まえて、父であるブランジーニ公爵の名で許可を申請したらしい。

セシリアはその報告をしてくれたアルヴィンに、不思議に思って尋ねる。

「お父様が、わたしの身の安全のために？」

「ああ。この魔法について聞かれ、魔法式を伝えるとすぐに許可してくれた」

「……お母様のためね」

父にしてみれば、自分が許可した者しか母と接触できないこの魔法はとても魅力的だったのだろう。

もしかしたら一番うまく父を使っているのは、国王陛下ではなくアルヴィンなのかもしれない。

セシリアは自分の部屋を見渡す。ここに魔法の結界があるのだ。

「俺は、セシリアを閉じ込めたいわけではない。ただ守りたいだけだ」

「うん。わかっているから大丈夫よ。アルヴィンはお父様と違うわ」

アルヴィンが一番大切にしているのは、セシリアの意志だ。セシリアが自分で決めたことなら、多少危険が伴っていても彼は黙って傍にいて守ってくれる。

信頼していると伝えると、アルヴィンは目を細めて頷いた。

「それと、もうひとつ。結界の許可と引き換えに、王家からブランジーニ公爵家に要望があった」

「要望？」

「ああ。向こうとしては、一連を儀式として行いたいらしい。ブランジーニ公爵家の王家に対する忠誠を示すよい機会だと思ったようだな」

「そうね。お父様はほとんど国の行事に参加しないから」

国一番の魔力を持つ父の忠誠が王家にないのは、王都の結界と同じくらい国王を悩ませてきたと思われる。

だが今回、ブランジーニ公爵令嬢であるセシリアの守護騎士が王都を守るために結界を張る。国王はそれを儀式にすることで、ブランジーニ公爵家の忠誠は王家にあると示したいのだろう。

「その儀式には、お父様も？」

「いや、公爵は体調不良のため参加しない」

「……そう。いつもと同じね」

体調など崩したこともないのに、父は公式な行事もすべて体調不良を理由に欠席している。代役に兄を立てるのならまだよかったのかもしれないが、今まではそれさえない。

原因は、父がまだ兄を正式な後継者として指名していないからだ。

だから、ブランジーニ公爵は政略結婚した妻の産んだ長子を後継者に指名するつもりはないのではないかと言われ続けている。

ゲームの世界では、それが兄を追い詰めていた。

「じゃあアルヴィンがひとりで行くの？」

もちろんセシリアも会場でしっかりと見届けるつもりだ。でもブランジーニ公爵の名をアルヴィンひとりに背負わせるのは、さすがに申し訳ない気持ちになる。

心配そうなセシリアに、彼は複雑そうに答えた。

「いや。ブランジーニ公爵は、代理としてセシリアを出席させるようだ。俺は君の守護騎士だから」

「……お父様が？」

たしかにアルヴィンはセシリアの守護騎士だ。

セシリアの政略結婚を防ぐために王都に結界を張ると言ってくれたし、それを儀式として行うことも、セシリアの安全のために承知した。

だが今回は、ブランジーニ公爵家が王家のために魔力を行使する儀式。

セシリアが父の代理として参加することに、意味を見出そうとする者もいるだろう。

周囲の者たちは、先妻の息子ではなく今の妻との娘に公爵家を継がせるつもりだと思うかもしれない。

少なくとも兄は、自分はもう後継者から外されたと考えるに違いない。

(そうなったらお兄様はゲームのときのように、わたしに対する憎しみを募らせるでしょうね……)

できるなら、あまり目立ちたくない。必要以上に兄に憎まれたくないし、公爵家を背負いたくない。

(でも……)

アルヴィンをひとりで王家の権威を示すような舞台に立たせたくないと思う。

セシリアの迷いがわかったかのように、アルヴィンは提案する。

「セシリアは体が弱くて気弱だという設定になっている。リハーサルや準備には参加して、当日は具合が悪いと言って倒れてしまえばいい」

「でも、アルヴィンをひとりにするなんて」

「俺は大丈夫だ。結界を張って魔石を使うだけだからな。セシリアの安全のほうが大切だ」

安全を確保しなければと彼が思っているのなら、やはり危険な目に遭うかもしれないのだろうか。

「やっぱり、わたしが参加したらお兄様は……」

「間違いなく、自分が後継者から外されたと思って、セシリアを恨むだろう」

「………」

俯くセシリアの肩を、アルヴィンは抱き寄せる。

「心配するな。すべて俺に任せてほしい」

「アルヴィン……」

何度も「心配ない」と言われたが、先代の王妃は視力を失ってしまうほどの魔力を使ったのだ。今回は魔石があるとはいえ、自分のために大きな魔法を使ってくれるのだから、傍で見守りたい。

でも、ゲームでセシリアを殺したのは兄であることも気にかかる。

（あれは悪役令嬢だったセシリアよ。今のわたしではないわ）

「まだ、考える時間はある」

心が揺れるセシリアに、アルヴィンは優しく言ってくれた。

「急いで結論を出す必要はない。セシリアがどちらを選んでも俺が必ず守るから心配しなくて大丈夫だ」

「……うん。ありがとう」

答えを出せないまま、セシリアは感謝の言葉だけ告げた。

まだ学園の授業は再開せず、セシリアは翌日もひとりで魔法の勉強をしていた。

魔法書を手にしたものの、今日は内容がまったく頭に入ってこない。セシリアは本を読むことを諦めて、テーブルの上に置いた。そして、自分はこれからどうしたらいいのかじっくりと考えてみる。

王都に結界を張るための儀式は、完全に王家の主導で執り行われるものだ。だから父はもちろん、アルヴィンでさえそれをあまり重要視していない。

シャテル王国にまったく興味がない父と、同じようにこの国にはなんの思い入れのないアルヴィンだ。それも仕方がないと思える。

でもセシリアは父が初めて代理を立て、それに自分が指名されたことをとても重く捉えていた。

(ゲームなら、ここでルートが変わる選択肢よね。どうしたらいいのかしら……)

アルヴィンはどちらを選んでもかまわないと言っていた。だからこそ、自分ひとりで決めなくてはならない。

あの父だ。今まで後継者を決めなかったのも、それほど深い意味があるとは思えない。母のことしか考えていない父にとって、ブランジーニ公爵家の未来などどうでもよいのだろう。

父を見ていると、ゲームの悪役令嬢があれほど傲慢だった理由がわかる。

この国ではたとえ王家であっても、強い魔力を持つ者には譲歩していた。もし彼らがこの国を見限ってしまえば大幅に戦力が低下してしまう。だからこそ、父は優遇されている。

（歪《いびつ》な世界よね……）

そんな父も、悪役令嬢になるはずの娘ほどではないが、どこか歪んでいるのだろう。

公爵家の嫡男だった父は、母に出会う前は本当に魔法以外のなににも興味が持てなかった。

だからこうして父が動くときには、必ず母の影がある。セシリアを公爵家の跡取りにしたいのは、きっと母だ。

母は父に自分以外の妻がいた過去を気に病んでいる。前妻の息子に爵位を継がせたくなかったのかもしれない。

父を説得できるのは、母だけ。だが母はセシリアが懇願したところでその考えを変えるだろうか。

（無理ね）

自分にとってなにが一番大切なのか。じっくりと考えた上で、セシリアは結論を出した。

（儀式に、ちゃんと出席しよう）

準備やリハーサルだけではなく、最初から最後まできちんと父の代理として。

（王都の結界を張るのは、アルヴィンがわたしのためにやってくれる儀式よ。わたしはそれを、きちんと傍で見届けなくてはならないわ）

彼は自分の守護騎士なのだ。父はともかく、兄に従わせるような真似はしたくない。

兄には恨まれるかもしれない。

でも兄は今までなにも行動せず、ただ父の決断を待っていただけだ。

もし母が後継者を意識する前に自分から動き、公爵家を継ぎたいと明確な意思を示せば、父はあっさりと兄を指名しただろう。

自分が後継者になるための努力をしなかったのに、セシリアが指名された途端に恨むなんて言語道断だ。

結論を伝えると、アルヴィンは心配そうだったけれどセシリアの意志を尊重してくれた。

こうして、儀式の準備は急いで進められた。そのおかげで、ダニーの事件はうやむやになっていった。

ブランジーニ公爵家の忠誠を示すためだけの儀式だから、参加するのも高位の貴族のみ。ブランジーニ公爵の代理としてセシリアが参列すると告げると、国王も王太子を出席させることにしたようだ。

向こうが代理なのに、国王が自ら参列するわけにはいかないと思ったのか。

もしくは前回のダニーの一件で落ちてしまった王太子の評判を、こうして国王代理として儀式に向かわせることで少しでも回復しようとしたのかもしれない。

（その両方かもしれないけれど……）

国王陛下と父は同い年だと聞いている。

魔力の強い公爵家の嫡男と、それよりも劣る王太子。過去にはいろいろと確執があったのかもしれない。

国民には後日、王都に結界が張られた事実だけを公表するらしい。おそらく、王家よりもブランジーニ公爵家が称えられることを避けるためだろう。

もともと、王都に結界を張ってきたのは王家の人間だった。しかし、今の王族は結界を張れないほど魔力が弱まっている。

もっとも、衰退しているのは王家だけではなく貴族たちも同じだ。強い魔力を持つ者が極端に少なくなっているという現状があった。

この先、魔力を持つ人間は今以上に減っていくのだろう。

きっと厳しい時代に即位するだろう王太子には、もう少し覚悟が必要だ。それなのに適切な助言をしてくれる人間がいなかったことは、彼にとって一番の不幸かもしれない。

儀式は王城で執り行われる。セシリアはアルヴィンと儀式のリハーサルに参加していた。

国王陛下の代理として、王太子のアレクが壇上に立つ。セシリアは彼に忠誠を示し、守護騎士であるアルヴィンに結界を張るように命じる。

儀式としては簡単なものだ。

王都の結界に使う魔石は、台座に恭しく飾られていた。この魔石を使うことによって、アルヴィンは多大な魔力を使わずに結界を維持できる。

何度も練習と打ち合わせを繰り返し、とうとう儀式の当日になった。

セシリアはこの日のために仕立てたドレスを着て、アルヴィンと共に王城に向かう。

彼はもちろん、ブランジーニ公爵家の紋章が入った騎士服だ。儀式用だからか、いつもよりも煌びやかな装飾が彼の美貌によく似合っている。

思わず見惚れていると、「緊張しているのか」と優しく聞かれた。

「……少しだけ。でも、アルヴィンと一緒だから大丈夫よ」

綺麗に飾った髪が乱れないように気をつけながら、アルヴィンに寄りかかる。彼の腕がセシリアの肩を抱いて、引き寄せられた。それに逆らわずに身をゆだねる。

こうして寄り添っていると、とても心が穏やかになる。

どんな困難が待ち受けていたとしても、ふたりならきっと乗り越えられる。そんな気持ちになれる。

王城に辿り着くと、まずアレクとミルファーに到着の挨拶に向かった。アレクだけではなく、ミルファーも今日の儀式には参列するようだ。

（そういえば……）

ふとセシリアは、彼女が自分の部屋を訪ねてきたときに見た冷たい瞳を思い出す。

あれは本当に見間違いだったのだろうか。

こうして顔を合わせてみると、彼女はとても控えめで、優しい笑顔を浮かべている。緊張している様子の兄を気遣い、セシリアとアルヴィンには王家の都合で仰々しい儀式にしてしまったと詫びてくれた。

非の打ち所がない、完璧な王女だ。

セシリアは警戒を解いて、王女と会話を交わす。

アルヴィンはなにも言わず、ただその様子を静かに見守っていた。

それから控え室に案内された。ここで儀式の開始を待つ。

連れてきた侍女と共に別室に移動して、軽く身支度を整えてもらう。

そうしているうちに、いよいよ儀式が始まる時間となった。アルヴィンの待つ部屋に戻ろうとしたセシリアは、見覚えのある後ろ姿を見つけて立ち止まる。

（……お兄様？）

今日の儀式には参列しないはずの兄の姿が、王城の廊下の影に消えていく。その周囲に立ち込める、不吉な黒い瘴気。

なんだか不吉な予感を覚えて、セシリアはその場から動けずにいた。同行していた侍女は、不安そうな視線をこちらに向けている。

「どうかなさいましたか？」

「あれってお兄様、よね？」

確かめるように尋ねたが、侍女は兄の姿を認識していなかったらしく困惑していた。

彼女が見ていたのは、大柄な男性が逃げるように走り去ったところだけのようだ。

セシリアにも確信がなかったので、あれを兄と断定できない。

アルヴィンに相談してみよう。

セシリアはそう結論を出すと、控え室に急いだ。

警備兵から今日の儀式に使うはずだった魔石がなくなったと連絡が来たのは、控え室に戻ったすぐあとのことだった。

ここは王城で、儀式に使う魔石は厳重に保管されていたはずだ。警備兵も配置されていたのに、魔石だけが忽然《こつぜん》となくなるなんて考えられない。

魔石が保管されていたのは、先ほど兄の姿を見た場所に近い。

（もしかしたらお兄様が？　でもいくらお兄様でも警備兵に咎められずに魔石を盗み出すなんて不可能だわ）

兄だけではない。他の誰にも不可能だろう。

ただちに関係者が集められ、再度警備兵の事情聴取が行われた。

セシリアは先ほど見た兄の姿と、黒い瘴気を思い出す。

（まさか、今回も魔族が関わっているの？）

ダニーの事件のときよりも大きな不安が胸にわきおこる。

もうゲームとはまったく違う世界になってしまっている。どう動くのが正解なのか、まったくわからない。

「これでは儀式が……。どうしたらいいのでしょうか」

セシリアの心と同じように、不安そうな声が聞こえてきた。

顔を上げると、ミルファーが今にも泣き出しそうな顔で立ち尽くしている。

儀式に参列する高位の貴族たちは、すでに会場である謁見の間に到着しているようだ。今さら中止だと告げるには、きちんと理由を説明しなければならない。

もともとは、ブランジーニ公爵家の忠誠は王家にあると彼らに示すための儀式だ。寸前で中止になってしまえば、期待した効果が得られないどころか、人々は中止の理由を憶測して、王家と公爵家の確執を疑うだろう。

アレクもそれがわかっているからか、思い詰めたような顔をして俯いていた。

「どうにかならないでしょうか……」

ミルファーが涙を溜めた瞳でアルヴィンを見つめる。

青ざめたアレクも、縋るような視線を彼に向けていた。この儀式を成功させるために動いてきた宰相や国王の側近たちも同様に。

（駄目！）

セシリアは、アルヴィンがなにかを言う前にその腕にしがみついた。

きっと彼なら魔石がなくても結界を張ることはできるだろう。でも、消費する魔力は桁違いになる。先代の王妃陛下が視力を失い、ゲーム内のヒロインでさえ瀕死《ひんし》の状態になったくらいだ。

アルヴィンはきっと、『大丈夫だ。心配するな』といつものように優しく笑うだろう。でもセシリアは嫌だった。もう二度と、彼が苦しんだり傷ついたりする姿を見たくない。

（わたしの大切なアルヴィンを危険な目に遭わせたりしない）

最初は、保護欲だった。

傷ついた子供を守らなければと思っていた。彼はまだ十歳の子供で、それに対してセシリアは二十九歳だった頃の記憶を持っていたから。

でもこの五年間で、その気持ちは少しずつ姿を変えていた。

兄妹のように、気の置けない間柄になった。誰よりも信頼する大切な存在に変わっていた。

セシリアは、彼に対する自分の気持ちがどんな種類のものなのか、ようやく少しだけわかったような気がした。

「では、わたしが魔石の代わりに力を使います」

きっぱりとそう告げた。

「セシリア？」

驚くアルヴィンに微笑みかけ、セシリアは呆然としているミルファーとアレクを見た。

「わたしの魔力はそれほど大きなものではありませんが、アルヴィンの手助けをすることはできます。王都の結界はふたりで張ってみせますので、ご安心ください」

セシリアの言葉は気弱な令嬢という設定とはかけ離れた、反論を許さないほど強いものだった。

「セシリア！」

儀式の準備のために控え室に戻ると、アルヴィンはセシリアの名を呼びながら、進路を遮るように彼女の前に立つ。

「君が力を使う必要はない」

「もともとブランジーニ公爵家の忠誠を示すための儀式よ。わたしが力を貸したほうがそれらしいでしょう？」

「こんな儀式に、そこまでする必要は……」

もし王城の人たちに聞かれたら大変な言葉だが、控え室に入った途端、アルヴィンは防音魔法を使っていた。だからセシリアも、ここでは本音で話せる。

「わたしも、そんな儀式のためにアルヴィンに無理をしてほしくないの」

「だが……」

なんとか思い留まらせようと言葉を尽くすアルヴィンに、セシリアは微笑みかけた。

「そんなに心配しないで。この腕輪を外したりはしないから。ただ魔石の代わりに少しだけ手伝わせてほしいだけよ」

「結界など俺ひとりで充分だ。だからセシリアは、傍にいてくれたらそれでいい」

「アルヴィン？」

いつもはセシリアの意志を尊重するアルヴィンが、ここまで反対するのも珍しい。

ふと嫌な予感がして、セシリアは彼を見上げる。

「もしかして王都の結界って、アルヴィンが説明してくれたほど簡単でも安全でもなかったの？」

「いや、結界を張る魔法は簡単なものだ。時間もそうかからない」

アルヴィンは即座に否定した。

それでもセシリアは納得しない。アルヴィンが理由を説明せずにただ反対するような人ではないからだ。

「じゃあ、どうして？」

そんなに自分の協力を拒むのか。必死に詰め寄ると、彼はようやく口を開いた。

「どれだけの魔力が必要となるか、はっきりとわからないからだ。だから念のために魔石を用意していた」

「そんな……」

セシリアは両手をきつく握りしめた。

結界魔法は何度か使ったことがあると言っていた。だからそれほど危険な魔法ではないという言葉を信じていたのだ。

だが、どれくらい魔力を消費するかわからない魔法を使うのは安全ではない。まして、過去には視力を失ってしまった人が存在している。

「危険かもしれないって、わかっていたのね？」

「ある程度は。だが過去の記録を見て、俺の魔力ならば問題はないと認識していた」

「じゃあどうして手伝わせてくれないの？」

「それは、これがセシリアのためだからだ」

アルヴィンは手を伸ばしてセシリアの頬に触れる。真剣な眼差しだった。

「セシリアの身を守るために俺が提案した。多少のアクシデントなど想定内。君を奪われてしまうかもしれないと思えば些細《ささい》なことだ」

その言葉から、触れた指先から、アルヴィンがセシリアをどれだけ大切にしている
のか伝わるようだった。

「俺を信じて任せてほしい。必ず成功させてみせる」

「……アルヴィン」

懇願するような声に、もうなにも言えなくなる。

（でも……）

セシリアは俯いた。涙が頬を伝って、ぽたりと床に落ちていく。

（わたしは、あなたが心配なの。わずかな危険にだって晒したくはないのに……）

まして、セシリアのために傷ついてほしくない。

「セシリア？」

涙に気がついたアルヴィンは、激しくうろたえていた。許しを請うようにひざまず
いてセシリアを覗き込む。

「なぜ泣いている？　俺が君を傷つけたのか？」

違うとも、そのとおりだとも言えずに、セシリアはただ涙を流す。

大切にしてもらっているとわかっている。昔の恩を返すために守ろうとしてくれて

いることも。でもセシリアだって、アルヴィンが傷つくのは嫌だった。

「頼む。思っていることを話してほしい。なによりも君が大事なんだ」

ふいに強く抱きしめられて、セシリアは息を呑む。

肩に回されたアルヴィンの手が震えていた。

(アルヴィン？)

彼は誰よりも強く、高潔な人だ。自分が少し泣いただけで、こんなに動揺するなんて信じられなくて、彼を見上げる。

アルヴィンは、セシリアを守るという幼い日の約束を果たしてくれた。

もう充分に恩義は返してもらったというのに、それでもまだ守護騎士として傍にいてくれる。

自分は家族に愛されていないと知っても〝悪役令嬢〟にならずにすんだのは、こうして彼がセシリアを守護していたからだ。

セシリアだって、アルヴィンを家族のように愛している。同じ年だが、前世の記憶があるセシリアにとっては弟のような存在だ。

(……でも、本当にそれだけなの？)

自分の気持ちを、深く探ってみる。

抱きしめられたときに感じた胸の高鳴り。ふいに目が合って彼が微笑んだりすると、鼓動が早くなる。

（わたしは、アルヴィンのことを……）

父の強すぎる愛を間近で見てきて、愛というものが恐ろしいと思ったこともある。誰かを愛して父や母のようになるのが怖かった。だからずっと、自分の気持ちに気づかないようにしていた。

でも今ならわかる。誰よりも大切なのは、セシリアも同じだ。

「アルヴィン」

名前を呼ぶと、縋るような視線を向けられた。

「あなたが危険な目に遭うのが怖いの。ほんの少しでもあなたを失う可能性があると思うと、涙が溢れてしまうの」

二十九年間生きてきた前世でも、知らなかった感情。

憧れは知っている。アイドルや俳優に夢中になった時期もあった。でも上嶋蘭は、誰かを深く愛さないまま死んでしまった。

そしてセシリアに生まれ変わって、こんなにも切なくなるくらい誰かを愛することを知った。

一度自覚してしまうと、想いは胸から溢れ、言葉にせずにはいられなかった。

「だってわたしは、アルヴィンが好きなの。誰よりも大切なのよ」

初めての告白に、言ったあとから頬が染まる。それでも言葉にしてみると、ずっと悩んでいたのが嘘のようにすっきりとしていた。

「………」

アルヴィンはひざまずいたまま、呆然とセシリアを見上げていた。

そうしていると、研ぎ澄まされた美貌がやや幼く見えて、それすらも愛しく思える。

「セシリア、が……。俺を？」

「ええ、そうよ」

受け入れてしまえば落ち着くのも早かった。中身は、前世と今世を合わせて四十四年分の経験があるのだから。

彼の反応が気になって顔を上げる。

アルヴィンの腕はまだ、セシリアの肩を抱いたままだ。

顔が触れ合ってしまいそうなほど接近していることに気がついて、恥ずかしくなって離れようとした。でもアルヴィンの腕はセシリアを離してくれない。むしろもっと強く引き寄せられてしまう。

まるで恋人同士が交わすような情熱的なものだった。

「アルヴィン？」

「君が俺を意識してくれるまで、ずっと待っていたのに。どうして君から先に言うんだ……」

「え？」

今度はセシリアが呆然とする番だった。

「ずっと……？」

すぐ目の前に、アルヴィンの綺麗な顔がある。

優しい笑顔は見慣れていた。でもこんなに甘く、とろけるような微笑みは知らない。一緒に過ごした五年間でも、一度も見たことのないものだった。

先ほどまでの余裕が、跡形もなく消えていく。

「ああ。ずっとセシリアを愛していた。それなのに君は、俺の気も知らずに偽装の恋人などと言い出して」

責めるような口調に、思わず俯く。

「あれは、その。アルヴィンを守りたくて……」

「もう偽装などではない。セシリアは俺のものだ」

その言葉にたちまち頬を染めるセシリアの頬に、アルヴィンはそっと手を添える。

ゆっくりと重なる唇。

触れるだけのものだったが、セシリアにとっては初めてのキスだった。

「ようやく手に入れた」

アルヴィンは恍惚とした表情でそう言い、今度はセシリアの額に唇を押し当てる。

セシリアの気持ちが自分に向くまでずっと待っていてくれたアルヴィンの優しさに、先ほどとはまったく違う種類の涙が零れる。

彼にもそれがわかっているのか、今度は動揺したりせずにそっと指先で拭ってくれた。

「セシリア、愛している。ずっと伝えたかった」

「わたしも。気がつかなかっただけで、あなたを愛していたわ」

彼と一緒に生きたい。

そう思った途端、ふと体が熱くなった。

「……っ」

「セシリア？」

崩れかかったセシリアを、アルヴィンが慌てて支える。

不安そうな彼に手を伸ばして微笑んだ。

「大丈夫。心配しないで」

「だが……」

気分が悪いのではない。むしろ生まれ変わったかのように爽快な気持ちだった。

体に力がみなぎっている。今ならなんでもできそうな気がしていた。

（なにかしら、この無双感。魔力に満ち溢れているような……）

以前聞いた、アルヴィンの話を思い出した。

セシリアの体に魔力が馴染んでいないと言った彼は、百年ほど前に生きていた転生者の話をしてくれた。

彼は強大な魔力を持っていたのに、魔法を使いこなせずに悩んでいた。

でも誰かを愛し、この世界で生きていく覚悟が決まってからは魔力が体に馴染み、魔法も使えるようになったという。

今は、体に満ちている魔力の存在をはっきりと感じ取れる。自由に使う自信もある。

（もしかして……アルヴィンを愛したから？）

この世界で生きていく覚悟がようやく決まったのだ。

「セシリア、魔力が……」

アルヴィンにもそれがわかったのか、驚いたようにセシリアを見つめていた。

「まさか、これほどの力だとは思わなかった。もう君を守るなんて言えないな」

魔力が馴染み、真の力を手にしたセシリアは、あのアルヴィンが感心するほどだった。

でもセシリアは首を振り、アルヴィンを抱きしめる。

「あなたが大切に守ってくれたから、わたしが自分自身の気持ちを自覚するまで待っていてくれたから、手にすることができた力よ。なにもかもあなたのおかげだわ」

アルヴィンと、この世界で生きていく。

それはセシリアが自分で決めた未来。

解決しなければならない問題はまだまだ多い。でもアルヴィンへの愛だけは、どんな環境の変化があってもけっして変わらない。

セシリアはアルヴィンの首に両腕を絡ませると、今度は自分から唇を重ねた。

そっと触れた温かい感触に、幸せな気持ちが溢れ出る。

でも、ここは自分達の部屋ではない。いくら嬉しくても、やらなくてはならないことがある。そう思って離れようとしたが、アルヴィンの腕はセシリアをもっと強く抱きしめる。もう一度キスされそうになり、慌てて身を離した。

不満そうな声が聞こえてくるが、防音の魔法を使っているとはいえ、ここは王城だ。

「わたしだって、ずっとこうしていたい。でも、これから儀式があるの」

「……ああ、そうだったな」

漆黒の艶やかな髪をかき上げて、アルヴィンも思い出したように頷いた。

「すぐに終わらせる。セシリアは見守っていてくれ」

そう言ってすぐにでも向かおうとした彼を、セシリアは慌てて止めた。

「待って。わたしが手伝うかどうかの話し合いをしていたでしょう？」

「今なら結界のひとつやふたつ、俺ひとりで簡単に張れそうな気がする」

「気のせいだから。アルヴィン、落ち着いて？」

どうやら彼は少し浮かれているらしい。

いつもは冷静で、まったく隙のない姿を見慣れているだけに、年相応な姿が見られて嬉しい。

でも、まだ気を抜くわけにはいかない。

「魔石の盗難に、もしかしてお兄様が関わっているのかもしれないの」

先ほど見たことを伝えると、アルヴィンは表情を改めて考え込む。

「セシリア？」

「儀式の邪魔をするためにか？」

「わたしもそう思ったわ。でも、ブランジーニ公爵家の評判が落ちるのは、お兄様にとっても不本意なはずよ。それに、気になっていることがあるの。伝えるかどうか悩んだけれど……」

ダニーの事件のときにも黒い瘴気が見えた。そして今回も見ている。

「黒い瘴気、か」

アルヴィンはセシリアの手を取ると、自分のほうに抱き寄せる。セシリアも逆らわずに従った。

「心当たりがあるのか？」

「え？」

「黒い瘴気の正体に。近頃ずっと不安そうにしているのは、そのせいだろう？」

「……っ」

まさか見抜かれているとは思わなかった。

セシリアは繋いでいたアルヴィンの手を強く握りしめる。

「気づいていたの？」

「ああ、もちろんだ。だが、セシリアが話してくれるまで待っていた」

ずっと見守っていてくれたと知って、迷いがなくなる。

信じてもらえないかもしれない。でも彼にすべてを話してみよう。アルヴィンはもうセシリアの半身だ。

「聞いてほしいの。信じられないような話かもしれないけど」

まずは異世界転生について、話をしてみる。

「わたしも、その昔の転生者のように前世の記憶があるの。だから、今まで魔力が馴染まなかったのね」

アルヴィンは驚いた様子も見せず、静かに頷いた。

「転生者だろうとはうすうす気がついていた。いろいろと調べてみたが、魔力が馴染まない理由が他に見つからなかったからな。ただ深く聞かなかった」

「そうだったのね。ごめんなさい。なんとなく言えなくて……」

転生者の話を聞いたときに自分から打ち明けるべきだった。

そう反省するセシリアに、アルヴィンは「気にするな」と優しく言ってくれた。

「たまに口調や態度が砕けるときがあったから、不思議だった。そういう理由なら納得した」

「うう……。たしかにアルヴィンの前では、昔のように話してしまうこともあったかもしれない」

前世を思い出してから、以前の記憶のほうが強くなっている。

「今度、セシリアの昔の話を聞かせてくれ」

「うん。でも、あまり楽しい話じゃないかもしれない。アラサーで、腐ってはいなかったけど割と廃なゲーマーだったし」

「……アラサー？　ゲーマー？　なんの話なのかさっぱりわからないが、たとえ生まれ変わる前だとしても、それもセシリアだ」

「……わかったわ」

以前の自分を知りたいと思ってくれることが嬉しくて、セシリアは頷いた。

だが今は儀式を成功させて、あの黒い瘴気の正体を探る。それを優先しなければならない。

セシリアは頭を切り替えて、アルヴィンに向き直る。

「話はもうひとつあるの。あの黒い瘴気。わたしは、あれがなんなのか知っているの」

あの黒い瘴気には魔族が関わっている。だから気をつけてほしい。

儀式が間近に迫っている今、アルヴィンに伝えられるのはそれだけだ。この儀式を無事に乗り越えたら、今度こそすべてを彼に話すと決めていた。

あとは、魔石の代わりをセシリアが務めることについてだ。

「わたしはもう、魔力の制御に不安はないわ。危険だと思ったらちゃんと身を引く。だからお願い。アルヴィンが大切で、心配なのよ」

必死に懇願した。

それに、今ならセシリアひとりでも王都の結界を張れそうだ。魔力はかなり使うだろうが、後遺症など残らない範囲だろう。

アルヴィンにそう伝えると、彼は仕方なく頷いた。

「……そう言われたら断れないな。だが、けっして無理はしないように。あくまでも結界を張るのは俺で、念のために少し力を借りるだけだ」

「ええ、もちろんよ。無理はしないわ」

アルヴィンがようやく承知してくれたのが嬉しくて、笑顔になる。

一緒に魔法を使えば、もしアルヴィンに異変があったとしてもすぐに気がつける。

「ふたりの未来のために、一緒に頑張ろうね」

そう言うとアルヴィンは表情を和らげて頷いた。

「ああ、そうだな。セシリアと共に生きるためなら、どんなことでもやり遂げてみせる」

愛と決意を新たに、儀式に臨むつもりだった。

それなのに、儀式が始まる直前に、アレクから代わりの魔石が見つかったという報告があった。

「代わりの魔石？」

アルヴィンが用意していたものは魔石としてはかなり大きく、特殊な造りになっていた。それと同じようなものが簡単に見つかるのだろうか。

王城の宝物庫にあったという報告だが、それが最初から存在していたのなら、王太子も王女もあれほど慌てなかったのではないか。

（なんだか嫌な予感がする。でも……）

魔石はもう先に会場に運び込まれているらしく、確認できない。

「アルヴィン」

「どうした？」

不安を訴えると、彼も不審に思っていたようだ。

「その魔石は使わない。なるべく俺の魔力だけで結界を張るつもりだが、もし足りなかったときは頼む」

「……うん」

セシリアも一緒に魔法を使う予定だったが、王家が用意した魔石を使わずにセシリアが手を出すのは体面的にあまりよくない。そうすると、ますますブランジーニ公爵家の忠誠を示せなくなる。

本当はそんなことなど気にせずにアルヴィンの手助けをしたい。

「わたしが傍にいるから、絶対に頼ってね。約束よ」

「ああ」

アルヴィンが頷くと、控え室の扉を叩く音がした。

「そろそろ時間だな。行くか」

「ええ」

セシリアは緊張を抑えるように大きく息を吐くと、差し伸べられたアルヴィンの手を握る。ゆっくりとした足取りで儀式が行われる会場に向かった。

会場では高位の貴族たちが通路の左右に並び、じっとこちらの様子をうかがっていた。急遽《きゅうきょ》仕立てられた祭壇の上には、王太子アレクと、王女のミルファーがいる。

その中央にある台座に恭しく置かれている魔石を、セシリアはじっくりと観察した。

正方形だが、見た目はふつうの魔石と変わらない。光沢のある漆黒で、表面がすべすべとしている。

ただ、これほどの大きさの魔石にしてはあまり力を感じない。石に込められている魔力が弱いのかもしれない。

(これなら、別に使っても問題ないかな。むしろ弱すぎて、使っても使わなくてもあまり意味がないような?)

どうしてこんなものを用意したのか、セシリアは不思議に思う。

王家が用意した魔石を使用するというシナリオが必要なのだろうか。そうすれば王城で魔石が盗難に遭ったという醜聞もうやむやにできる。

そのために王太子は、とりあえず外見は似ている魔石を持ち出したのかもしれない。

でもここは、従うしかない。王家に対する忠誠を疑われたら、ブランジーニ公爵家だって厄介だ。

アルヴィンに視線で訴えると、彼は軽く頷いてくれた。

(いろいろと面倒だなぁ……。お父様が王城に寄りつかなくなるのがわかる気がする)

思わずため息をつきそうになるが、必死にこらえた。

何度も練習したように、儀式は滞りなく進んでいく。

ブランジーニ公爵の代理として、セシリアが王太子に忠誠を誓い、その証《あかし》として王都に結界を張ると宣言する。

そうして、いよいよアルヴィンの出番となる。

ブランジーニ公爵家の紋章が入った騎士服を着た彼の姿は、見慣れているセシリアでも目を奪われるほどに凛々しく、美しい。ちらりと王女に視線を向けると、彼女もまた頬を染めてアルヴィンを見つめていた。

（わたしのアルヴィンなのに）

思わずそう考えてしまったが、ふたりはもう心を通わせ合った恋人同士なのだ。これからは堂々とそれを主張できる関係なのだと気がついて、たちまち嫉妬心など吹き飛んだ。

アルヴィンはセシリアの守護騎士なので、その忠誠は王家ではなくセシリアに向けられている。彼は片膝をついてセシリアにひざまずき、セシリアはアルヴィンに王都の結界を張るように命令を下した。

アルヴィンは中央の台座まで歩み寄り、片手を魔石に当てて目を閉じる。

彼の魔力が高まっていくのを感じて、両手をきつく握りしめた。

魔法が構築されていく有様が手に取るようにわかる。

アルヴィンの魔力も安定している。彼の魔法が王都を覆っていく様子を、セシリアは静かに見守った。

背後で、儀式に立ち会った高位の貴族たちがざわめいている。

彼らはこの国では比較的、魔力の強い人たちだ。アルヴィンの魔力の強さが、はっきりとわかったのだろう。

「ブランジーニ公爵よりも強いのでは」と囁く声が聞こえてきたが、彼らの反応などセシリアにとってはどうでもよかった。

（このまま無事に終われば……）

祈るように両手を組み合わせて、魔法が成功するまで待つ。

魔法で張る結界は、目に見えないものが多い。でも以前王都に張られていたものは、住む人間に安心感を与えるためにドーム状の筒のような形をとっていた。

アルヴィンは国王の要望により、それと同じ形にするようだ。透明なガラスのような結界が張られていく。

そのとき、セシリアはふと嫌な予感がして目の前のアルヴィンを見る。

「！」

彼の魔力が、なにかに吸い取られるように一気に減っていた。

（どうして？　もう結界は構築されているはず）

セシリアは動揺して、周囲を見渡した。

結界は張られ、あとはその魔法を維持するだけだったはずだ。

アルヴィンはわずかに顔をしかめたが、そのまま結界を維持している。魔石の上に置かれた右手がわずかに震えているだけだ。

その魔石が赤く光っていることに気がついて、セシリアはアルヴィンに駆け寄った。

（あれは魔石じゃない！　あの不吉な色……。魔力を封じ込める魔封石よ！）

ゲームの第二部でヒロインが使用していたアイテムだ。この魔封石で魔族の多大な魔力を吸収し、弱体化してから倒していた。

魔石と違って封じた魔力も使えず、さらに魔族だけではなく人間の魔力も吸収してしまう。だからどの国でも取り扱いを禁止していて、ゲームでは裏社会にも流通していないほど危険なものだという設定だった。

ゲームではなぜか、それが王城の宝物庫に隠されていた。

見た目は魔石とほとんど変わらないから、間違えて保管されていたのだろう。

この世界でも同じように保管され、それをアレクが魔石だと思って持ち出してしまったのかもしれない。

（ゲームアイテムだからわたしは知っていたけど、きっとアルヴィンも知らないはず）

だからこそ、使ってしまったのだろう。

とにかく今はアルヴィンを助けなくてはならない。彼の右手を魔封石から引き離し、両手で包み込む。

その手は冷え切っていた。相当な魔力を奪われたのだろう。

「セシリア?」

「アルヴィン、緊急事態だからわたしも手伝う」

彼にだけ聞こえるように小声で囁く。

とにかく今は魔封石を使わずに結界を張ってしまわなければ。セシリアはアルヴィンの手を取ると、自分の額に押し当てる。

ゲームでヒロインが王都に結界を張って瀕死になったとき、攻略対象たちはこうやって魔力を分け与えて彼女の命を救っていた。

アルヴィンはヒロインよりも魔力が強いから、あれほどの状態にはならないはずだ。でも、このままでは危険だということもわかっている。

セシリアの魔力がアルヴィンに注がれていく。

「このまま結界を」

「……わかった」

セシリアに手を握られたまま、アルヴィンは結界の構築を再開させた。あんなに冷たかったアルヴィンの手のほうが温かく感じるようになっている。

あと少し。でも予想よりもたくさんの魔力を使うようだ。腕輪をしたままのセシリアでは限界に近かった。

「もういい。無理はしないでくれ」

異変に気づいたのか、アルヴィンがやや強引にセシリアから手を離す。

「駄目、まだ危険よ」

「このままではセシリアのほうが危ない。心配するな。あと少しだ」

「でも……」

アルヴィンが離れていく。

セシリアは必死に彼に追いすがり、強引に手を握った。振りほどこうとするアルヴィンに必死に訴える。

「わたしを引き離したら、この腕輪を外すわ」

「セシリア」

もはや脅しのような言葉にアルヴィンの表情が悲しげに歪む。

「……ごめんなさい。でも、ふたりで力を合わせたら乗り切れるわ。わたしを信じて」

そう懇願する。

「そういえば、いざとなったら頼ると約束したしな」

「うん。だから、わたしの手を握っていて」

「ああ」

しっかりと手を握り互いの魔力を出し合って、結界を維持するための魔法を使う。

無事に結界を張り終わったことを確認すると、セシリアは立っていられずアルヴィンにしがみついた。

しばらく呼吸を整えてから、王太子と王女に向き直る。

少し予想外のハプニングはあったが、無事に王都の結界を張れた。これからもブランジーニ公爵家の忠誠は、シャテル王国と王家に捧げられる。それらを盛り込んだ、あらかじめ決められていた口上を述べたあと、アルヴィンに支えられるようにして会場から退出した。

「……アルヴィン」

「頑張ったな。もう大丈夫だ」

優しく言われて、再び力が抜けていく。倒れかかった体を彼がしっかりと支えてくれた。

「アルヴィンも疲れているのに、ごめんね」

「俺のことは気にするな。少し休んだほうがいい」

「……うん」

目を閉じると、アルヴィンの腕を掴んだままセシリアの意識は途切れていった。

◇◇◇

シャテル王国の王女ミルファーは、目の前の椅子に座り込んでいる兄を見て忌々しそうにため息をついた。

アレクはぴくりと反応するが、無言で目を伏せる。

「自分がなにをしたのかわかっているのですか」と何度言っても、落ち込んだ様子で「すまない」と口にするだけだ。

よりによって王城で、儀式に使う大切な魔石が盗難されただけでも取り返しのつかない失態なのに、代わりに禁忌とされている魔封石を差し出してしまったのだ。

ふたつの違いは専門家でもよく見ないとわからないが、普通の魔石ならば宝物庫の奥深くに隠されているはずがない。

シャテル王国はもう少しで、優秀な魔導師をふたりも失うところだった。もしそうなっていたら、兄は間違いなく廃嫡されていただろう。

「……もうお兄様にはなにも期待していません。ブランジーニ公爵令嬢にも、もう近寄らないでください」

あのふたりは互いに支え合い、力を合わせて王家に対する忠誠を示した。

今回で、公爵令嬢とその守護騎士の愛は貴族たちにも広く知れ渡るだろう。

それに割って入るなど、王家にとっては悪影響でしかない。むしろうまく利用して、今回の王家の失態を隠さなくてはならない。

無能な兄が王太子であるせいで、やらなくてはならないことが山ほどある。

これ以上兄に時間を割くわけにはいかないと、ミルファーはさっさと席を立って部屋から出た。

残されたアレクは、誰もいなくなった部屋で俯いたまま、小さく呟いた。

「もうなにも期待しない、か」

黒い瘴気が、ゆっくりと部屋に満ちていく。

第五章 ヒロインの恋

目を開けると、眩しい光が飛び込んできた。

「ん……」

カーテンが開いたままだったようだ。朝のすがすがしい光が、大きな窓から容赦なく降り注いでいる。

それがあまりにも眩しくて、もう一度目を閉じた。

今日はとても快晴のようだ。そう思ったところで我に返る。

（あれ？　ここは？）

自分の寝室ではなかった。

セシリアは体を起こして周囲を見渡そうとした。

でも、動けない。誰かにしっかりと抱きしめられていた。

「……アルヴィン」

セシリアを腕に抱いて目を閉じているのは、アルヴィンだった。よく見ればふたりとも儀式のときの服装のままだ。

彼を起こさないように気をつけながら周囲を見渡す。

見覚えのある光景。ここは、学園寮にあるセシリアの部屋だ。ふたりは応接間にあるソファーの上で眠っていた。

（ええと、儀式のあと、わたしは気を失ってしまったのよね。アルヴィンがここまで運んでくれたのかな？）

アルヴィンも相当量の魔力を使っていた。ここまで移動するのが限界だったのかもしれない。

ふたりは寮の部屋まで辿り着き、そのまま眠ってしまっていたようだが、まさか朝になっているとは思わなかった。でもゆっくりと眠ったおかげで、魔力はほとんど回復していた。

（こんなふうにアルヴィンの寝顔を見るのは、子供のとき以来ね）

間近にある綺麗な顔を見つめて思わず微笑む。

子供の頃は、こうして一緒に寝ることもあった。成長するに従って互いに距離を取っていたが、今はまた恋人同士として寄り添い合える。

関係性が変わっても、積み上げてきた絆は変わらない。

アルヴィンに対する愛は、しっかりと自覚したことによってさらに強くなっていた。

愛していたのだと囁かれ、熱を帯びた腕で抱きしめられた。初めて交わしたキスのことを思い出して、思わず自分の唇に触れる。

（儀式も、ふたりの関係が変わっていなかったら乗り越えられなかったかもしれない）

アルヴィンは守護騎士という立場から、セシリアの助けを断固として拒んでいた。騎士として守護するべき主を危険に晒せないと、強く思っている。

でも想いが通じ合っていたから、アルヴィンが大切だと言ったセシリアの言葉を優先してくれたのだ。

儀式の成果を確かめようとして、窓から外を見上げる。晴天の空に、陽光を反射してきらめく結界が見えた。

王都をドーム状に覆っている結界は、人の出入りを制限することはないが、魔物の侵入を防ぐ。魔力を持つ者が減りつつあるこのシャテル王国にとって心強い存在になるだろう。

もし魔石が盗難に遭わなかったら、儀式は何事もなく無事に終わっていただろう。アルヴィンの魔法は安定していたし、魔力も充分だったはず。

それなのに、魔封石の存在がすべてを狂わせた。

あれが王家からの提供でなければ、セシリアだってアルヴィンの傍に置いたりしない。でもあの状況では、形だけでも使ったように見せなければならなかった。

魔石が奪われ、代わりに魔封石が設置されたことも、アルヴィンがそれに触れてしまったのも、本当に不幸が積み重なってしまっただけなのか。

他にも考えなければならないことは、たくさんある。

現場で見かけた兄。ダニーのときにも出現した黒い瘴気。

でも、これからセシリアが王太子の婚約者になることはない。一番恐れていた破滅フラグは、もう消滅したと言えるだろう。

なにがあってもふたりで乗り越えられると信じているが、少しだけ不安なのは、これから学園で顔を合わせるだろうヒロインのことだ。

(ヒロインかぁ……)

きっと彼女は誰からも愛され、守られる。でも登場人物の性格が変化している今、ヒロインがどのような存在になるのかわからない。

思わずため息をつくと、肩に回されていた腕に力が込められた。

「セシリア」

「アルヴィン、目が覚めたのね。大丈夫?」

「……ああ」

彼は頷き、ゆっくりと体を起こした。いつもよりも気怠《けだる》そうで、魔力がまだ完全には回復していないのだとわかった。

「無理はしないで。まだ休んでいたほうがいいわ」

そっとアルヴィンの背に手を添える。

「セシリアは大丈夫か？」

「うん、わたしは元気よ。魔力も完全に回復したみたい」

そう伝えると、アルヴィンは複雑そうな顔をした。

「魔力の回復も早いのか」

「アルヴィンのほうが魔力の消費が大きかったから、仕方ないよ」

「……そうかもしれないが」

少し拗ねたように言う姿が愛しくて、思わず彼の腕に触れる。そのまま手を引き寄せられて腕の中に閉じ込められた。

しばらくセシリアを抱きしめていたアルヴィンは、やがてぽつりと口にした。

「あれは、なんだった？」

「魔封石よ。この王城の宝物庫に保管してあったようね。見た目は魔石と変わらないから間違ってしまったのね」

「故意ではないと？」

セシリアは首を振る。

「……わからないわ。でも、儀式の成功を一番願っているのは王家の人たちよ」

「そうだな。俺も、見ただけでは魔封石だとはわからなかった。慌てていた王太子が間違ったとしても仕方がない」

王城で管理していた魔石が盗まれたあとだ。きっと王太子も、なんとかしなければと焦ったのだろう。

「事故、かな？」

「そうなるだろうな。だが、油断はするな。彼にはなるべく近寄らないように」

「うん、わかっているわ」

アルヴィン以外の男性に、自分から近寄るつもりはない。セシリアは彼の胸に寄りかかった。

優しく髪に触れた。る
アルヴィンはセシリアの髪が気に入っているようで、よくこうして撫でてくれる。

彼が好きなら、もっと大切に手入れをしなければと思う。

（……いや、そうじゃなくて。今はこれからのことを考えないと）

アルヴィンの優しい手つきに、つい気を取られてしまった。

次に考えなければならないのは、兄のことだ。

本当にあのとき見かけたのは、兄だったのか。そうだとしたら、魔石の盗難に関わっているのか。

「……セシリア」

腕の中に抱かれたまま次の問題について考えた始めたセシリアに、アルヴィンは声をかける。

「ん？」

「いろいろなことがあったな」

「うん、そうね」

これから先はどうなるのかと、セシリアの顔が曇る。

まだ入学して間もないのに、このイベントの多さはどういうことだろう。

「だが、セシリアがひとりで解決しなければならないものなどひとつもない。気になったら、すべて話してほしい。俺はなにがあってもセシリアの味方だ」

「……ありがとう」

頷き、セシリアは目を閉じて考える。

転生者であることは伝えたが、この世界がゲームに似ているとは話していない。

黒い瘴気に魔族が関わっていると理解してもらうには、包み隠さず説明しなくてはならないとわかっている。

でも、そこまで彼を巻き込んでいいのか、まだ迷いがあった。

すべてに確固たる証拠があるわけではない。むしろセシリアの妄想だと思われても仕方のない話だ。

それでも今はもう、アルヴィンが信じてくれないかもしれないとは考えていない。彼はセシリアの話を疑わずに信じて、一緒に戦ってくれるだろう。

だが相手は恐ろしい魔族だ。

しかもあの儀式のせいで、魔族を弱体化する魔封石もない。そんな戦いに、大切なアルヴィンを巻き込んでもいいのだろうか。

「セシリア、俺はもう十歳の子供ではない。もう守ってくれなくてもいいんだ」

悩むセシリアに、彼は静かな声で告げた。

「アルヴィン？」

背後から抱きしめられて、顔を上げる。自然とアルヴィンの胸に寄りかかるような体勢になった。

「俺を巻き込むのではないかと怖がっているように見えた。だから今まで話せなかったのだろう?」

「わたしは……」

彼はもう立派な騎士で、魔導師だ。魔力はセシリアのほうが強いかもしれないが、魔法の腕はアルヴィンのほうが上だと理解しているつもりだった。でも彼の言うように、まだアルヴィンを守らなくてはという気持ちがあったのかもしれない。

「俺は頼りないか?」

「ううん、そんなことない」

セシリアは首を振る。

今だって、抱きしめてくれる腕の力強さを感じる。きっとセシリアなど、簡単に持ち上げてしまうだろう。

「強いのは知っているわ。わたしはただ、危険なことをしてほしくないの」

「それは俺も同じだ。だからこそ儀式のとき、どうしても君の力を借りたくなかった。でも俺が倒れたらセシリアが泣くと思ったから、ああした」

それと同じように、セシリアもアルヴィンの手を借りるべきだと彼は言っている。

ふたりはもう主従関係だけではない。互いに大切に想い合う、恋人同士なのだから。

「……うん。全部話すね」

アルヴィンを頼って、すべてを話す。セシリアは、そう覚悟を決めた。

「わたしが転生者だって話したけど、そこでは、この世界と酷似したゲームがあったの」

「ゲーム？」

聞いたことのない言葉のようで、アルヴィンが首を傾げる。立体的な本のようなものだと説明してみたが、通じただろうか。

「物語があって、それを読み進めていくんだけど、自分が選んだ選択肢によって未来が変わるのよ。この世界は、わたしが遊んでいたそのゲームとそっくりなの」

国の名前や歴史なども同じ。さらに登場人物として実在している人たちが出ていたと話すと、アルヴィンはしばらく考え込んだ。

「……それは、予言の力を持っていた人間が作ったものかもしれないな」

「予言？」

「ああ。だが、その人が見た未来は自分の世界のものではなかった。それでも予言者として無意識に、形のあるものとして残さなければならないと考えた」

もしその人物が漫画家だったら漫画として。小説家だったとしたら、小説として。

それがたまたまゲーム制作者だったから、恋愛ゲームという形になったのかもしれない。

「そっかぁ……。じゃあ、そのゲームをやったわたしがこの世界に転生したのも、偶然が重なっただけ？」

「セシリアがこの世界に転生したことに意味がないとは思わない。ただここにも予言者はいるが、当たる確率はそれほど高くない。セシリアがそのゲームで見たことがすべて現実になるとは限らない」

アルヴィンの分析に、セシリアは深く頷いた。

「うん。当たる確率がそれほど高くないっていうのは、よくわかったわ。まず、わたしがプレイしたゲームにはアルヴィンがいなかったもの」

それは、とても大きな違いだ。

「おそらく予言の中の俺は、セシリアに出会えなかったのだろう。少しでも時間がずれたら、あの場所で会うこともなかった。それに叔母が勇気を出して俺を逃がしてくれなかったら、今でも幽閉されていた場所に囚《とら》われたままだったかもしれない」

「アルヴィンと出会えたのは、わたしにとっても運命が変わる出来事だった。そのゲーム……予言の中のわたしは、ひどい女でね。わがままで、傲慢で、多くの人を傷つけていた。前世の記憶があったこともひとつの理由だけど、なによりもアルヴィンとの出会いがわたしを変えてくれたわ」

悪役令嬢の破滅フラグは、すべてアルヴィンの愛が潰してくれた。

そう告げると、彼は幸福そうに微笑む。

「俺がセシリアとの出会いで救われたように、セシリアの救いになれたなら、これ以上嬉しいことはない。これからだって、ふたりならどんな運命でも乗り越えられる」

「うん。わたしもそう信じている。正直なところ、これから先はどうなるのか、まったくわからないの。ゲームではわたしがヒロインをいじめて、いろいろな試練を与えるはずだけど、そんな気はないし」

それに儀式も黒い瘴気も、第二部のイベントなのだ。

「黒い瘴気には魔族が関わっていると言っていたな」

アルヴィンの問いに、セシリアはこくりと頷く。

「そう。ゲームでは、魔族に魅入られた人間が他の人間を操るときに黒い瘴気を使うの。つまりもうこの国には魔族と関わり合いのある人間が存在しているかもしれない」

「魔族か。少々厄介だな。向こうの世界ではどうやって倒していた？」

魔族は魔物と違って、滅多に姿を現さない。

でもその残忍さは魔物とは比べものにならず、自らの楽しみのために人間を苦しめたり惨殺したりする。さらに人間より何倍も魔力が強いという、まさに災害のような存在だ。

数が少なく、大陸にひとりかふたりいるくらいなのが不幸中の幸いか。

でもシャテル王国はその魔族に狙われているのだから、幸いとまでは言えないのかもしれない。

「ゲームでは、儀式に使われてしまったあの魔封石で魔族を弱らせてから倒していたの。でも、もうあの魔封石は使えないから……」

「他を探す必要があるな。心当たりはないが、いろいろと手を尽くしてみよう。あとは魔族に魅入られた人間と、それに操られている人間は誰なのか、探る必要がある」

黒い瘴気が確実に見えたのは、ダニーだ。そして兄も関わっている可能性がある。

「あと、お兄様がどうしてあの場にいたのか、魔石の盗難に関わっているのか調べなくてはならないわ」

魔石が盗難された現場でセシリアが見た黒い瘴気。兄ではなかったとしても、魔石を奪った者が魔族に関係しているのはたしかだ。

「やるべきことは多いが、焦らずに少しずつ探っていくしかない。相手は魔族だ。なるべくひとりにならないように、ふたりで行動しよう」

「うん。アルヴィンと一緒ならなんとか頑張れそうな気がする」

すべてを話して、心は随分と楽になった。

その分アルヴィンに背負わせてしまったが、彼の言うとおりふたりならどんな運命も乗り越えられると信じている。

（あのゲームと同じようにならなくてよかった。アルヴィンと出会えて、本当によかった……）

ふと肩に重みを感じて視線を向けると、目を閉じたアルヴィンがセシリアの肩に寄りかかっている。まだ魔力が回復していないのだろう。

セシリアは彼を支えるようにその背に腕を回すと、なにも言わずに抱きしめた。

自分はもうひとりではない。この世界は、アルヴィンと共に生きていく大切な場所だ。

（魔族なんかに壊させたりしない。わたしはこの世界で生きていくと決めたんだから）

もうすぐ学園も再開される。そうすれば、ヒロインとも顔を合わせなければならない。

彼女のこの世界での役割は、まだよくわかっていなかった。ヒロインは悪役令嬢にとっては敵だが、今のセシリアは悪役令嬢などではない。

ヒロインを見極める。これだけはアルヴィンの手を借りずに自分だけで済ませたい。彼をあまりヒロインに近づけたくなかった。

「セシリア、ひとりで突っ走るなよ」

そんな心の内がわかったかのように、アルヴィンはセシリアを見上げて忠告する。

「もちろん、わかっているわ」

セシリアの答えに安心したように、彼は頷いて再び目を閉じた。

穏やかな時間が流れる。

いつもアルヴィンがセシリアにしているように、彼の髪をそっと撫でてみる。さらさらと指の間を零れ落ちる艶やかな髪。セシリアに身を任せ、安心しきった様子に愛しさが募る。

満たされていく心に、自然と笑みが浮かんだ。

戦闘前の、束《つか》の間の休息かもしれない。これから先の未来は、ゲームの知識には頼れないだろう。

ゲームとは違って、セーブもロードもできない。それでもセシリアの胸に不安はなかった。

隣にはアルヴィンがいて、セシリアの知識と不安をすべて共有してくれている。それがこんなにも心強い。

(絶対に、幸せな未来を勝ち取ってみせる。わたしたちに待っているのは、きっとハッピーエンドだから)

そう固く信じて、セシリアに肩を借りたまま眠ってしまったアルヴィンに寄り添った。

前世の自分は、こんな愛しさとぬくもりを知らずに終わってしまった。

(わたしはきっと、アルヴィンと出会って愛を知るためにこの世界に転生したのよ)

そう信じている。


結果だけを見れば、儀式は一応成功に終わった。

王都には久しぶりに結界が張られ、セシリアは父の代理という役目を無事に終わらせた。ブランジーニ公爵家の、王家に対する忠誠も示すことができたと思われる。

魔封石は禁忌の品であることも踏まえ、儀式に立ち合った高位貴族にもその存在を伝えないと決まったようだ。

セシリアには、魔石が紛失したのは王城内であり、魔封石と取り違えたのは王太子であるアレクだったので、国王陛下から謝罪があった。

もともとブランジーニ公爵家の忠誠を示すための儀式だ。それ以上追及する気はなかった。

それも、アルヴィンが無事だったからだ。

もし彼になにかあったら、セシリアはアレクを許せなかった。アルヴィンを失えば、ゲームの悪役令嬢以上に暴走してしまっていたかもしれない。

目を覚ましたアルヴィンにそれを伝えると、彼は神妙な顔をした。

「セシリアを破滅させないためには、俺自身にも気をつけなくてはならないな」

「ええ、もちろんそうよ」

深く頷く。彼がそれを自覚してくれて嬉しかった。

学園も明日には再開する。

登校初日にいきなり休止になってしまったのだから、セシリアとしてはようやく通えるという気持ちだ。

「さすがにもう、なにも起こらないよね？」

明日の準備をしていたセシリアはふと不安になり、思わずそう口にしてしまう。

「ああ、大丈夫だ。もしなにかが起こっても俺が傍にいる。だから心配するな」

アルヴィンがそう勇気づけてくれた。優しく髪を撫でられて抱き寄せられると、不安もすぐに消えていく。いつだってアルヴィンの言葉とぬくもりが、セシリアを救う。

「……うん、そうね」

今までいろいろなことがありすぎて、少し疑い深くなっていたのかもしれない。

明日からは学生として、しっかりと魔法を学ぼうと思う。魔力の制御はもう問題ないが、セシリアには経験が不足している。それを補うためにも勉強は必要だ。

「ようやく学園生活が始まるんだから、しっかり頑張らないと。アルヴィン、ずっと傍にいてね？」

「もちろんだ」

力強い返答に安心して、セシリアはアルヴィンの腕の中で笑みを浮かべた。

翌朝、セシリアは久しぶりに制服に着替え、アルヴィンと共に学園へ向かった。

またなにか起こるかもしれないから手を繋いで歩こうと言われ、恥ずかしかったけれどそれを承諾する。

恋人のように寄り添い合って歩く姿は周りの生徒たちに随分と注目されてしまったが、アルヴィンは上機嫌だ。最初は周囲の視線が気になっていたセシリアも、アルヴィンが幸せならそれでいいと開き直る。

今日は何事もなく教室まで辿り着き、ほっとした。

学園の教室は、高校というよりは大学のような雰囲気である。いくつかの長い机と椅子がずらりと並んでいて、席はとくに決められていないようだ。

セシリアは一番前の真ん中の席に座り、魔法書を取り出した。その左隣にはアルヴィンが座っている。

すると、授業が始まるまで魔法書を読んで過ごそうと思っていたセシリアに誰かが話しかけてきた。

「おはようございます！　あの、隣に座ってもいいですか？」

甘く澄んだ、かわいらしい声。

間違いなく、ヒロインであるララリの声だった。

顔を上げると、ララリがにこやかに微笑みながらこちらを見つめている。

ゲームではアイドルとしても人気の高い声優が担当していた。それで発売当時は女性だけではなく、多くの男性がその声優目当てにゲームを購入したと聞いている。

恋愛系ゲームとかけ離れた第二部は、その男性客をターゲットにしていたのではないか。そんなふうにゲーム雑誌のレビューに書かれていたと思い出す。

（ええと、なんでヒロインがわたしに？）

セシリアは真ん中に、アルヴィンはその左に座っていたので、たしかに右側の席は空いている。

でもまさかヒロインがわざわざ話しかけてくるなんて思わなかった。

「……ええ、どうぞ」

本当は断りたかったが、そうしてしまったらヒロインをいじめる悪役令嬢ルートに入ってしまいそうで怖かった。

「ありがとうございます」

ヒロインは笑顔で答えると、嬉しそうにセシリアの隣に座る。

アルヴィン目当てかと警戒したが、それにしてはララリはセシリアばかり見ていた。

「あの、わたしはララリ・エイターといいます。町で暮らしていたんですが、魔力があるとわかったのでお父様に引き取られました」

「そ、そうなの。大変だったわね」

なんと返答すればいいのかわからず、困惑しながらも答える。

「あの、交流会のときは、いきなり話しかけてすみませんでした。お父様に引き取られたばかりだから、まだ礼儀とか勉強中で。守護騎士という制度もあまりよく知らなかったんです」

　ラリは謝罪してきた。

(ああ、そういえばそうだった。彼女は、いきなりアルヴィンに話しかけたのよね)

　なんだかもう遠い昔の話のようだ。

　あのとき、セシリアはヒロインの登場により気分が悪くなって倒れてしまったのだ。

「気にしなくてもいいわ。知らなかったのなら仕方がないもの」

　そう言いながら、なんだか既視感を覚える。

　この状況で、この会話。どこかで見たような気がする。

「セシリア？」

　黙ってふたりの様子を見守っていたアルヴィンが、心配そうに声をかけた。

「大丈夫か？」

「アルヴィン。……ええ、大丈夫よ」

　また倒れるわけにはいかないと、差し出された彼の手を強く握った。

「あの、本当に大丈夫ですか？」

　不安そうなララリの声に、胸がまたどきりとする。

「セシリアは体が弱いんだ。少し静かにしていればよくなる」

代わりにアルヴィンが答えてくれた。

「……そうですか。うるさくしてしまって申し訳ありません。この間のことを謝罪しなければと思って。わたしは向こうに移動しますね」

ララリは心配そうな顔で、ぺこりと頭を下げた。

「もしご迷惑じゃなかったら、これから仲よくしていただけると嬉しいです」

「ええ、そうね」

アルヴィンに掴まりながらララリの後ろ姿を見送ったセシリアは、今の会話をどこで聞いたのか思い出していた。

(ああ、あれはヒロインとライバルの……。ララリと王女殿下の会話だわ)

初対面で王女の守護騎士に話しかけてしまったララリを、王女は叱りながらも丁寧にそうしてはいけない理由を説明していた。そしてヒロインは自分を庶民だと蔑まず、わからないことは教えてくれる王女に好感を持つ。そうしてふたりは仲よくなりながらも、お互いをライバルとして高め合っていくのだ。

そのライバルとの会話を、なぜかララリはセシリアと交わした。

(どうして？ わたしは悪役令嬢ではなく、ヒロインのライバル役なの？ だったら悪役令嬢は誰が……)

でも、この世界はゲームではなく現実だ。セシリアが悪役令嬢にならなかったからといって、誰かがその役目を担うなんてないはず。

（冷静によく考えてみよう）

アルヴィンの肩に寄りかかったまま、セシリアは目を閉じる。

ララリはゲームのままの、無邪気で明るい性格のようだ。

あの日も、目立っていたセシリアとアルヴィンが気になって話しかけてきただけなのかもしれない。それを、ゲームの知識に引きずられて過敏に反応してしまった。

（ヒロインにも攻略対象にも関わりたくないけど……。あまり避けるのも不自然なのよね）

むしろ、平民だったララリを蔑んでいると誤解されてしまうかもしれない。

それに、ゲームとはまったく違うことばかりのこの世界で、ヒロインであるララリの変わらなさは少しだけ救いでもあった。

（普通に接するくらいならいいんじゃないかしら）

セシリアはそう思い、変に避けたりしないと決意する。

きっと、それが一番無難だ。

しばらくすると教師が入ってきて、ようやく初めての授業が始まった。

アルヴィンはセシリアの体調を心配していたが、もう大丈夫だと笑ってみせる。ここでまた欠席して、これ以上目立ってしまうのは避けたかった。

そして午前の授業も無事に終わり、昼休みになった。

セシリアはララリともクラスメートとして交流していこうと思っていることを、アルヴィンに伝える。

彼は複雑そうだったが、セシリアがララリと接するたびに体調を崩してしまったのが原因だろう。それを除けば、ララリは警戒するような存在ではないようだ。

「魔力も普通だし、悪意も感じない。ただの平凡な女、といった印象だった」

セシリアも、彼女をゲームのヒロインとして見なければ、このアルヴィンの意見と同じだった。


だが、学園が再開してしばらく経過すると。

「セシリア様！　おはようございます！」

なぜか、ものすごく懐かれてしまった。

笑顔で駆け寄ってくるララリを、セシリアは複雑な心境で迎えた。

最初は、ただのクラスメートとして接しているつもりだった。

でも公爵令嬢のセシリアと、今は男爵令嬢とはいえ庶民出身のララリは、互いに別の理由とはいえクラスの中では孤立している存在だった。

しかもセシリアにはアルヴィンがいるが、ララリには誰もいない。周囲に馴染もうと必死になっていたり、ひとりでぽつんと座っていたりする姿を見ると、胸が痛む。

そして、ついつい声をかけていた。

「セシリアには無理だろう。ああいうのを放っておけない」

アルヴィンにも、そう言われてしまった。何度か隣に座ったり、昼食に誘ったりしているうちに、すっかり懐かれている。

（……ああ、もう。できるだけ関わらないつもりだったのに）

思わずため息をつく。

でもララリも守護騎士について学んだのか、あれ以来アルヴィンに話しかけなかった。

魔法について聞きたいことがあっても、セシリアを通して尋ねるくらい徹底していた。今のところ、攻略対象である彼らともまったく接触していないようだ。

（これからどうなるのかな……。まったく予想がつかないのよね）

そんなことを考えているうちに、今日も午前中の授業が終わったようだ。

この日は天気がよかったこともあって、久しぶりに昼食にサンドイッチを作った。

学園の中庭で食べようと持ってきたのだ。

アルヴィンは朝から楽しみにしていたようで、朝からずっと機嫌がよい。今も授業が終わると、すぐに立ち上がった。

「セシリア様！」

同時に、ララリも駆け寄ってきた。

「お昼をご一緒してもよろしいですか？」

「ええ。でもわたしたち、今日は中庭で食べようと思っているの」

「はい、わたしもお弁当を持ってきたので大丈夫です」

アルヴィンとララリと一緒に、中庭へ向かう。

大抵の生徒は学園内にある食堂で食べるようで、人影はほとんどなかった。中庭の中央に植えられている大きな木の陰にシートを敷いて、並んで座る。

「セシリア様が作ったんですか？　すごくおいしそうですね」

広げたサンドイッチを見てララリが感嘆の声を上げるが、すかさずアルヴィンが「これは俺のだ」と低い声で言う。

「アルヴィンったら。たくさん作ったから大丈夫よ」

いつも無表情でそっけないアルヴィンが、セシリアの前だと自然に笑ったり子供のように拗ねたりする。

それを見ていたララリは、少し切なそうに俯いた。

「セシリア様が少しうらやましいです……」

「え？」

まさかアルヴィンが好きなのだろうか。

思わず身を固くするセシリアに、ララリは弱々しく笑う。

「わたしも、好きな人がいるんです。身分違いで、学園でもなければ話しかけることも許されないような人で。でも、急に学園に入れられたわたしをとても優しく気遣ってくださいました」

「好きな人……」

まさかララリにそんな相手がいたとは思わず、セシリアは彼女を見つめる。学園にいるということは、誰だろう。

誰からも愛されるヒロインだ。彼女ならどんな恋でも叶えられるのではないか。

「他にも、魔法に関する本をたくさんいただきました。入学前に学園内を案内してくれたこともあって」

そこまで聞けば、セシリアにもラライの想い人が誰なのかわかった。

「アレク王太子殿下?」

入学前の生徒に学園内を案内できるのは、彼しかいない。

「……身分違いなのは承知しています。ただ、わたしがひとりで想っているだけです」

泣きそうな顔で笑うラライに、セシリアは首を振る。

(お似合いだよ。彼はメインヒーローだし、あなたはヒロインなんだから)

むしろ王道カップルだ。

「もちろん、愛してほしいなんて思っていません。たまに会って話せるだけで満足です。……でも最近、元気がないみたいで心配なんです」

「王太子殿下が?」

「はい」

ラライは祈るように両手を組み合わせて頷いた。

「落ち込んでいたり、悲しそうだったり。たまに思い詰めたような顔をしているときもあって。すごく気になって」

きっと儀式での失態のせいだろう。

国王の代理として出席したにもかかわらず、魔石を盗まれたし、間違えて魔封石を出してしまったのだから。

「王太子としては優しすぎるとか、気弱で頼りないなんて言われていることも知っています。でもわたしは、そんな彼の優しさに助けられたんです。なにかわたしにできることがあったら、とつい思ってしまって」

「それは直接、殿下に伝えてあげたほうがいいわ」

セシリアはそう言って、微笑んだ。

「きっと殿下も心強く思うでしょう」

「……本当ですか？」

「ええ、もちろん」

ヒロインがメインヒーローとくっつくのならば、セシリアとしても安心だ。

「はい、頑張ります。わたしはあの方に少しでも元気になってほしいんです」

ララリはせっかく持ってきたお弁当をしまうと立ち上がった。

「すみません、セシリア様。わたし、行ってきます」

「頑張ってね」

「はい！」

ララリは笑顔で走り出していく。

今日ばかりは、貴族の子女としてはしたないと注意する気にはなれなかった。

「うまくいくかな?」

「……どうだろうな」

アルヴィンはサンドイッチを摘まみながら、さして興味がなさそうに呟いた。

セシリアは彼のためにポットから紅茶を注ぎながら、ひそかにヒロインの恋を応援していた。

第六章　アルヴィンの過去

ふたりでゆっくりと昼食を楽しんだあと、教室に戻る。

時間ギリギリで教室に戻ってきたラランは、アレクには会えなかったと肩を落としていた。

学生であるが、彼は王太子だ。いろいろと忙しいのかもしれない。

落ち込むラランを慰めているうちに、午後の授業が始まる。

魔法の仕組みについて解説しているのはまだ若い男性で、魔導師団に所属しているイケメンエリートらしい。そのせいで女生徒からはかなり人気のようだが、もちろんセシリアは彼にはまったく興味がない。

むしろ授業は知識をさらけ出しているだけでわかりにくく、やはり先生は知識と経験が豊富な人のほうがいいな、などと考えていた。

それなのに彼はやたらとセシリアに近寄るものだから、アルヴィンに威圧されて教師としての威厳まで失いそうだ。

ため息をつきながらも、無事に授業を終える。

いつもならすぐにセシリアに駆け寄ってくるはずのララリは、すぐに席を立った。

おそらくアレクを捜しに行ったのだろう。

「どうする？」

ララリを目で追っていたセシリアは、アルヴィンの呼びかけに顔を上げる。

「そうね。捜すのくらい、手伝ってあげたほうがいいかしら」

学園は広いし、王太子であるアレクの行動範囲は広い。もしすでに王城に戻っているのなら、それを教えてあげなければララリはいつまでも捜しているかもしれない。

「わかった」

アルヴィンは頷き、セシリアと共に教室を出る。でも彼が浮かない顔をしていると気がついて、思わず足を止めた。

「どうしたの？」

アルヴィンがセシリアの前でこんな顔をするのは、初めてかもしれない。

「ふたりに協力するのは、嫌？」

「そんなことはない。むしろ、セシリアの見た予言では婚約者になったかもしれない王太子が他の女性を選ぶなら喜ぶべきことだ。ただ……」

アルヴィンは言葉を切り、手を差し伸べる。

セシリアは迷わずその手を握った。

「ただ？」

「せっかく想いが通じたのに、ふたりきりになれる時間がなかなか取れないとがっかりしているだけだ」

「それは……」

たしかに学園ではいつもララリが傍にいたし、寮に戻ればふたりの侍女がいる。ずっと一緒にいるとはいえ、ふたりきりになれないと気がついた。

「ごめんなさい。じゃあ今日はこのまま帰る？」

「いや、謝る必要はない。ただ俺が、セシリアを独り占めしたいだけだ」

思わず頬が染まる。

想いが通じ合ったという自覚はあっても、こうやって面と向かって甘い言葉を囁かれるとなんだか恥ずかしくなってしまう。

「じゃあ、今度のお休みにふたりでどこかに出かけよう？　わたし、気合を入れてお弁当を作るわ」

セシリアだって、アルヴィンが好きだ。ふたりきりになりたい。だから自分からデートに誘ってみた。

「ああ、そうだな。楽しみにしている」

アルヴィンがすぐに返事をしてくれ、セシリアも嬉しくなって微笑んだ。

(お弁当、なにを作ろうかな。サンドイッチは今日作ったから、今度はハンバーガーみたいなものを作ってみようかな?)

彼のために料理をするのは、セシリアにとっても楽しい時間だ。

でも今は、ラフリのためにアレクを捜そう。

「会議室、職員室、あとは……図書室とか?」

「そうだな。その辺りから捜そうか」

ふたりとも新入生だから学園内は詳しくないが、授業が終わったばかりなのでまだ寮にも戻っていないはずだ。

ふたりで手を繋いだままいろいろな場所を捜していると、ミルファーを見かけた。

彼女なら、兄である王太子の居場所を知っているかもしれない。そう思って声をかけようとした。

だが、ミルファーは急いで会議室に入っていく。

用事があるのだろう。王女に話しかけることを諦めて、その場を立ち去ろうとした。

そのとき、会議室の中から声がした。

「お兄様、ダニーに手紙を出したと聞きました。それは本当ですか？」

ミルファーが話しかけている相手は、アレクのようである。

驚いたのは、その口調が今までのミルファーの印象とはかけ離れて、とてもきついものだったからだ。

「ああ。どうしているのか様子が気になったから手紙を出した。父にも報告している」

アレクは今も、側近だったダニーを気にしていたのだ。王太子としてはたしかに甘いかもしれないが、ララリの言うように本当に優しい人なのだろう。だが。

「あのような犯罪者にまだ関わるつもりですか？」

聞こえてきたミルファーの冷たい声に息を呑む。

これは本当にあの王女なのだろうか。

アレクは、たとえ罪を犯してしまっても友人には変わりがないと反論しているようだ。だがミルファーはそんな兄にきつい言葉を投げつけ、さらに儀式の失敗話まで持ち出して、アレクを「役立たず」と罵った。

（これは……。まるで悪役令嬢セシリアのよう……）

セシリアもこうしてヒロインや王女のミルファーを罵倒していた。彼女たちをわざわざ呼び出し、役立たずだと嘲笑《あざわら》っていたのだ。

今の王女は、かつてのセシリアのように学園で一番魔力が強い。王太子である兄よりもずっと。

今のミルファーもまた魔力の強さに傲慢になり、王太子である兄にさえ横柄な態度をとるようになったのか。

（この世界の悪役令嬢は、王女殿下なの？）

ヒロインのよきライバルで、切磋琢磨《せっさたくま》しながら互いに成長していたあの王女が、まさか悪役令嬢のようになってしまうなんて思わなかった。

王女が立ち去る気配がして、セシリアは慌ててその場から離れた。彼女は会議室から出ると、ひとりで颯爽と立ち去っていく。

そういえば今回の王女はあまり守護騎士を連れていない。悪役令嬢だったセシリアもそうだった。ゲームでのセシリアの守護騎士は普通の貴族の少年だったが、彼を伴ったことは一度もなかった。『自分よりも弱い守護騎士など、連れて歩くだけ無駄だ』と言っていた気がする。

（王女殿下も、そうなの？）

あの魔力測定試験のとき以降、彼女の守護騎士を見ていない。学園には通っているはずだが、王女は今回だけではなくいつも連れていないのだろう。

もし王女であるミルファーが、この世界の悪役令嬢のポジションにいるとしたら。

(魔族に魅入られているのも王女殿下なの?)

ダニーと兄のユージンを黒い瘴気で操っていたのも、彼女なのだろうか。

(……ううん、違う気がする。セシリア――悪役令嬢は、ヒロインに対する嫉妬と羨望から魔族に魅入られてしまった。本当は、誰からも愛されるヒロインがうらやましかったから。でも王女殿下には、ヒロインに対する嫉妬も羨望もない……)

国王陛下も王妃陛下も、王太子であるアレクよりも王女のミルファーを頼りにしていると聞いている。放っておかれているとはいえ、彼女の守護騎士も王女を大切にしている。両親にも兄にも愛されなかったセシリアとは違う。

ならば、魔族に魅入られてしまったのは。絶望と嫉妬、そして羨望に身を焦がし、破滅への道を歩き始めてしまったのは、いったい誰なのか。

「セシリア」

アルヴィンが小声で名前を呼び、誰かから守るようにセシリアの体を腕の中へ引き寄せる。

「どうしたの?」

自らの思考に沈んでいたセシリアは彼の突然の行動も驚くも、会議室の中から聞こえてきた暗く沈んだ声に思わず息を呑んだ。

「力さえ……。もっと強い魔力さえあればダニーを守れた。ユージンだって、魔力がなくてあんなにも苦しんでいる。もっと……。もっと強い魔力を……」

背筋がぞくりとして、セシリアは自分を抱きしめるアルヴィンにしがみついた。

あの暗い声。絶望。嫉妬。羨望。魔族に魅入られ、すべてを滅ぼそうとした、悪役令嬢だったセシリアのものだ。

（まさか、王太子殿下が？）

ヒロインのラフリの想い人で、メインヒーローだったアレクが魔族に魅入られるなど、あってはならないのに。

震えるセシリアを、アルヴィンはその場から連れ出してくれた。

（どうしてこんなことに……）

中庭の大きな木の下に座り、アルヴィンと寄り添っていると、少しずつ心が落ち着いていく。

「アルヴィン……。魔族に魅入られていたのは、アレク王太子殿下だったのよ。なんてことなの……」

考えてみればダニーは彼の側近だし、兄のユージンも王太子とは同級生だ。妹よりない。

魔力が劣って悩んでいるという共通の悩みもある。ふたりが親しくなってもおかしくない。

でも、まさか魔族に魅入られていたのがアレクだなんて考えたこともなかった。

これからどうしたらいいのか。彼に想いを寄せている、ララリはどうなるのか。

困惑しているセシリアとは裏腹に、アルヴィンは冷静だった。

「それだけ力を欲していたのだろう。だが、力さえあればすべて解決できると思っている時点で、王太子は甘すぎる。世の中はそれほど単純ではない」

強い魔力さえあればなにもかもうまくいくのなら、悪役令嬢になっていたセシリアは幸せになっていたはずだ。

でも実際はそうではないと、セシリアもよく知っている。

それに、王太子はダニーをとても気にかけているように見えたが、あの黒い瘴気のことを考えると彼を操っていたのはアレクだ。そして、セシリアの兄のユージンも。

(儀式のときに見たのは、やっぱりお兄様だったのね)

当時を思い出して、セシリアは顔を上げた。

「王太子殿下が魔封石を持ってきたのは故意だった？」

ユージンを使って魔石を盗み出させ、代わりに危険な魔封石を使わせたのか。

「そうなるな。俺が目障りだったのかもしれない」

アルヴィンは、あっさりと頷いた。

魔力が強く、両親にも周囲にも期待されている妹のミルファーに悩まされていたアレク。彼にとって、ミルファーよりも遥かに魔力の強いアルヴィンの出現はたしかに脅威だったのかもしれない。

ダニーが狙ったのも、アルヴィンだろう。

でもダニーは相手にもならなかった。それによってアレクはますますアルヴィンを恐れ、とうとう魔封石を使ったのだとしたら。

(もしわたしが傍にいなかったらアルヴィンは……)

ラリは、彼を少し気弱だが優しい人間だと言っていた。でも、それは違う。

「優しい人間は、そんなことはしないわ。自分の側近を利用したり、お兄様にあんなことをさせたりしない」

「そうだな。だが、すべてが彼自身の意思ではないかもしれない」

「……魔族に、操られているの？」

彼に目をつけた魔族によって、負の感情が増大させられている可能性もある。

アルヴィンの言葉でそのことに気がついた。

「まだ、間に合うかな？」

アルヴィンに尋ねると、彼は難しい顔をする。

「見込みがまったくないとは思わないが、あれほど強い執着を捨てるのは簡単ではないだろう」

「……でも」

「どちらにしろ、彼を止めるには魔族を倒さなくてはならない。できるだけ早く魔封石を探そう」

「ええ、そうね」

セシリアは頷き、アルヴィンの胸に頭をすり寄せる。

こんなに早く魔族と戦うとは思わなかった。予想外のことばかりで、心が追いつかない。それでも、魔族がもうシャテル王国に出現してしまっている以上、戦うしかない。

ふと、セシリアはあることに気がついて顔を上げた。

「王太子殿下の傍にいた、もうひとりの側近候補。彼も、もしかしたら……」

魔導師団長の息子で、王太子の側近だったフィン。

王太子がセシリアの部屋に押しかけたあの日から彼の姿を見ていない。でも彼もダニーや兄と同じく、王太子に近い側近のひとりだ。

そもそもダニーもフィンも、ゲームの攻略対象だったときとあまりにも様子が違っていた。もしかしたら彼も、ダニーや兄と同じように黒い瘴気に操られている可能性もある。

「探ったほうがいいかもしれないな」

アルヴィンも真剣な顔をして頷いた。

ゲームの知識によれば、フィンは学園内の図書室か、もしくは魔法訓練所にいることが多かったはずだ。

セシリアはアルヴィンと共に、フィンを捜した。

もう今日の授業は終わったので、生徒の数もまばらだ。

きっとラナリも同じようにアレクを捜しているだろう。

「今、殿下と会うのは危険だわ」

「そうだな。ついでに捜して注意したほうがいいかもしれない」

彼女をけしかけるようなことを言ってしまった直後で、どう説明したらいいのかわからない。でも魔族が関わっている以上、今のアレクには近寄らないほうがいい。

セシリアはまず、フィンとラナリのどちらがいてもおかしくない図書室に向かった。

学園の図書室は、前世の記憶にある図書室とそう変わらない。

壁を取り囲むように大きな本棚があり、魔法に関する本がびっしりと並んでいる。

中央には机と椅子がいくつか配置され、そこで本を読んでいる生徒が何人かいた。

「うーん、どっちもいないわね」

「そのようだな」

本を読んでいる人たちの邪魔をしないよう静かに図書室の中を歩き回って捜したが、フィンもラランもいなかった。魔法訓練所にも足を向けたが、今日はもう閉鎖されていた。

「寮に戻っていたら、もう捜せないわね」

フィンを捜すのは難しいと判断して、本格的にララリを捜し始める。

彼女もアレクを捜して学園内を歩いているだろうから、どこかで行き違いになっているのかもしれない。

（でも、見つけたらなんて言えばいいのかしら……）

気持ちを伝えたほうがいいとアドバイスした日に、今度は彼には近寄らないほうがいいなんて告げたら、ララリも困惑するに違いない。

それでも彼女の安全のためにはちゃんと伝えなくてはならない。

だが、結局彼女も見つけられなかった。

仕方なく教室に戻ると、誰かが教室の前にうずくまっていた。小さく嗚咽《おえつ》が聞こえてくる。

泣いているのかもしれない。

顔は見えなかったが、美しい銀色の髪が窓から降り注ぐ夕陽《ゆうひ》に照らされている。

「ララリさん？」

見覚えのある髪色に思わず声をかけると、ララリは涙を溜めた瞳でセシリアを見上げた。

「セシリア様……」

「どうしたの？ なにがあったの？」

声をかけると、縋るようにして抱きついてきた。

「わたし……。どうしたらいいのか……」

セシリアはなにも言わず、ただその背を撫でる。

ララリは、「どうしよう、もう駄目かも」などと呟いていたが、少しずつ落ち着きを取り戻す。やがてその涙が止まる頃、セシリアはアルヴィンに促され、ララリの手を繋いだまま教室に入った。

入り口近くの椅子に向かい合わせで座り、なにがあったのか尋ねる。

「王太子殿下に、アレク様にお会いしたんです」

真っ赤な目をしたララリはそう言って俯いた。

「それで、どうしたの？」

「アレク様の、お役に立ちたくて。できることがあったらなんでもします。そう伝えたんです。そうしたら……」

セシリアにアドバイスされたように、ララリはアレクにきちんと気持ちを伝えたらしい。

だがアレクはララリに、『他の生徒たちが憎くはないのか』と聞いたようだ。庶民出身だと侮り、軽んじられていることに怒りを覚えないのか、と。

「わたしは、『気にしていません』と答えました。たしかにわたしを蔑む人たちはいますけど、セシリア様とか、気にかけてくれる人たちはいます。それだけで、嫌な気持ちなんか吹き飛んでしまいますから」

だがそれは、アレクが望んでいる答えではなかった。

彼はダニーやフィン、兄のユージンのような、劣等感に苛まれて暗い感情を抱いている人間を望んでいた。誰かを羨んだり妬んだり、そういった負の感情を増幅させて操ろうとしていたのだろう。

でも、ラリにはそんなものはなかった。少し空気の読めないところはあるが、まっすぐな心を持っている。

「そうしたら、わたしはいらない、使えないって言われて。わたし、アレク様を怒らせてしまったのかもしれない」

また涙を滲《にじ》ませるラリに、セシリアはすべて話そうと決めた。彼女のまっすぐな想いは、きっとアレクを救ってくれるだろう。

アルヴィンを見上げると、彼は黙って頷いた。

セシリアはラリに向き直る。

「少し長くなるけれど、聞いてほしいの。あなたならきっと、王太子殿下を助けられると思うから」

だってラリは、ヒロインなのだ。

さすがに前世やゲームの話はできなかったが、魔族と黒い瘴気のことはしっかりと話した。かなり驚いた様子だったが、ラリは納得したようだ。

「あんなに優しいアレク様があんなことを言うなんて、おかしいと思ったんです。魔族に操られているせいなんですね。それを倒せたら、もとの優しいアレク様に戻りますよね？」

「ええ。その可能性はあると、わたしは信じているわ」

セシリアはそう答える。ララリを安心させるためだけではなく、本心からだった。

メインヒーローであったアレクが魔族の手下となってしまうなんて、悲しすぎる。

きっとこの物語も、ヒロインとヒーローのハッピーエンドで終わると信じたい。

「わたしにも協力させてください。絶対にアレク様を取り戻したいです」

「ええ。あまり危ないことはさせられないけれど、情報を集めるのに人手が必要なの。ぜひ、お願いしたいわ」

ララリは頷いた。ヒロインにふさわしい、強い瞳だった。


それから数日は、情報収集のために動いた。

どうやらフィンは、ここ数日学園に来ていないらしい。

部屋に引きこもって魔法の研究をしているようだと、ララリが彼の同級生から情報を仕入れてきてくれた。

そしてセシリアの兄のユージンも同じように、数日前から学園に来ていなかった。

あの儀式の日から、セシリアは何度も兄に連絡を入れている。でも、一度も返事がきたことはなかった。

アルヴィンに男子寮まで見に行ってもらったが、兄の部屋は鍵がかけられていて、騎士も侍女も不在だった。

兄と連絡が取れないと父に訴えても無駄だということはわかっている。父は母が気にかけているセシリアはまだしも、兄にはまったく無関心だ。

さすがに心配だったが、セシリアが嫌で避けている可能性も否定できない。今の段階では、定期的に連絡をするしかなかった。

この日、セシリアはラリを自分の部屋に招いて集めた情報の整理していた。

アルヴィンは魔封石を探すために町に出ていて、その間、彼が結界を張ってくれた安全な部屋にいるようにと言われていた。待っているだけなのはもどかしいが、自分がおとなしくしていることが彼の負担を減らす一番の方法だと知っている。

それにラリがたくさん情報を集めてくれたので、彼女を部屋に招いて話を整理しようと思っていた。

「フィン様の欠席の理由が魔法の研究なので、学園でも大目に見ているところがあるようです」

ラリはそう報告すると、少し首を傾げる。

「それでも一度は顔を出すようにと言われているらしいんですが、もう少し待ってほしいと答えているようです。彼がなんの魔法を研究しているのか、それはさすがに聞けませんでした」

「そう。ありがとう」

ラライを庶民出身だと侮る者もいるが、人懐こくて明るい彼女を受け入れてくれる人も多い。彼女はセシリアでは聞けないような話も、たくさん仕入れてきてくれた。

「研究をしている魔法が、人に危害を加えるようなものでなければいいけれど」

思わずため息をつく。

疑いたくないが、ダニーや兄の様子を見ていると、フィンが王太子と無関係だとは思えない。彼の性格がゲームのときよりも好戦的になっていることも気にかかる。ダニーの一件を考えると、黒い瘴気の影響かもしれない。

「あの、セシリア様」

声をかけられて我に返る。ラライが沈んだ顔をしてこちらを見つめていた。

「どうしたの？」

「アレク様は、毎日登校されているようです。でも以前とはまったく違う、冷たい顔をされるようになりました。……アルヴィン様の言っていたように、元のアレク様に戻るのは難しいのでしょうか」

あの問答のあと、ララリの前で取り繕う必要がなくなったのか。それとも魔族の支配が強くなったのか。アレクは、ララリに以前のような優しさを見せなくなったようだ。

不安そうなララリの手を、セシリアは励ますように握りしめる。

「あなたが信じないと駄目よ。アルヴィンは少し人嫌いなところがあるから言動がきついかもしれないけれど、あまり気にしないで」

アルヴィンは相変わらず、セシリアの前でしか笑わない。セシリアの侍女やララリにも、自分から話しかけない。

彼の過去を知ってしまった今、ひょっとしたらアレクやダニー、兄よりも、彼の他人に対する絶望は深いものかもしれないと思っている。

そんな彼が闇に落ちなかったのは、セシリアのおかげだと言ってくれた。

愛にはたしかに、人を救う力がある。

それをセシリアは知っている。だからララリにもこう告げる。

「あなたの愛が、きっと王太子殿下を救う。わたしはそう信じているわ」

ララリはセシリアに目を奪われたようにしばらくの間呆然としていたが、やがて我に返ったように頷く。

「そうですよね。わたしが信じなきゃ。すみません、弱気になってしまって。アレク様のために頑張ります」

前向きで、明るいララリ。きっと彼女ならヒロインらしく、望む未来を勝ち取るだろう。

夕方になると、ララリと入れ違いでアルヴィンが戻ってきた。魔封石に関する情報を得ることができなかったようで、少し疲れたような顔をしてソファーに座り込む。

「アルヴィン」

傍によると手を引かれ、導かれるまま彼の隣に座る。肩を抱かれて寄り添い合った。

「大丈夫？」

アルヴィンはセシリアの髪を撫でながら頷いた。

「ああ。少し疲れただけだ。それより、情報の整理はできたか？」

「ええ。フィンはずっと魔法の研究をしているらしいわ。それがなんの魔法なのか、まだわからないの」

「……魔法の研究か」

アルヴィンはしばらく考え込んでいたが、「王太子は？」と問いかけた。

「普通に学園には通っているらしいわ。でもラランさんは、雰囲気が随分変わってしまったと嘆いていた」

「そうか。あまり時間は残されていないのかもしれないな」

魔封石探しは難航しているようだ。一般に流通しているようなものではないし、そもそもかなり入手困難な品である。

「王太子殿下に関しては、ラランさんがいるからきっと大丈夫。だって彼女はヒロインなのよ?」

楽観的なセシリアの言葉に、アルヴィンは苦笑する。

「ヒロイン?」

「愛が人を絶望から救い出してくれると、わたしたちは知っているもの」

そう言うと、アルヴィンは表情を改めてセシリアの手を握る。

「ああ、そうだ。俺の憎しみや悲しみ、憤りをすべて過去のものにしてくれたのは、セシリアだった」

ずっと険しい顔をしていたアルヴィンの表情が、優しく和らいだ。

「彼女にも、同じことができると?」

「わたしはそう信じている」

きっぱりと告げた。

「俺は王太子も彼女もあまり信じていない。だがセシリアが信じているというのなら、俺もそうしてみよう」

髪を撫でていたアルヴィンの手が頬に触れる。セシリアは彼を見上げて微笑んだ。


事態が急展開したのは、それから十日ほど過ぎた頃だった。

セシリアが寮の部屋でくつろいでいたとき、侍女が手紙を持ってきた。

差出人は魔法の研究のために引きこもっているはずのフィンで、セシリアに相談したいことがあるという内容だった。

「わたしに相談なんてするような人かしら」

セシリアは手紙をアルヴィンに渡しながら、訝《いぶか》しげに呟いた。

彼から相談を受ける関係ではないのはもちろん、お互いに初対面の印象は最悪だろう。セシリアなど、アルヴィンを傷つけられた怒りで平手打ちまでしている。

あのプライドの高そうな男が、そんな相手にわざわざ相談などするだろうか。

それを無視する気になれないのは、その相談内容がアレクについてだと書かれていたからだ。

罠《わな》なのか。それとも本当に切羽詰まった状態で、セシリアにまで相談しなければならない状態なのか。

「うーん、手紙だけでは判断できないわね。どっちかしら」

「会ってみるしかないだろうな」

「……そうね」

気は進まないが、もともとこちらもフィンと接触しようと捜していたのだ。

もしフィンの周りにも兄のように黒い瘴気が見えたとしたら、魔族に操られているということになる。彼は瘴気の影響を受けていないのかを見定めるためにも、一度対面したほうがいい。

それがふたりで出した結論だった。

セシリアは翌日、ラランリからも相談を受けた。

放課後、ラランリは思い詰めた様子で、手紙を差し出した。

「この手紙が届けられたんです」

セシリアに来た手紙と同じような内容で、差出人はもちろんフィンだった。

二通の手紙を手に、セシリアは深く考え込む。

（フィンがヒロインに頼るなんて、攻略ルートに入っていなければありえないわ。それに、ララリさんが恋をしているのはフィンじゃない）

ゲームの知識ばかりに頼るのは危険かもしれないが、フィンのプライドの高さを考えると、公爵令嬢であるセシリアならともかく、わざわざララリにまで手紙を出して助けを求めるなんて考えられない。

それでもララリは、アレクのためならなんでもするだろう。フィンの申し出も断るつもりはないようだ。それならできるだけ一緒に行動して、ララリを守らなくてはならない。

（やっぱり、彼女はヒロインね……）

無謀な行動をしても、周囲が勝手に彼女を守るために動いてしまう。セシリアもつい、彼女をフォローするように行動していた。

とにかくヒロインはこちらの味方なのだから、悪役令嬢にもならなかったセシリアが破滅することはないかもしれない。

むしろ過酷なのはこれからだ。ヒロインと協力して、魔族を倒さなくてはならない。

今までは悪役令嬢にならないようにできるだけ目立たなくしてきたが、これからはそうもいかない。

ラフリと相談して、次の休みにラフリと一緒に話を聞く。もちろん、守護騎士のアルヴィンを伴う。両方を受け入れないのならば、会って話をすることはできないと、連名で返事を出した。

ラフリと別れて、寮に戻る。

「せっかく次の休日はアルヴィンとデートだったのに。フィンのせいで延期ね」

「ああ、本当に。くだらない用事だったら許せないな」

冗談っぽく言ったセシリアとは裏腹に、アルヴィンの言葉は真剣そのものだった。

「……わたしも楽しみにしていたの。すべてが終わったら、ふたりでたくさんデートをしようね」

素直な気持ちを伝えると、アルヴィンも頷く。

「そうだな。これからずっと、ふたりで生きていくんだ。時間はいくらでもある」

どちらからともなく手を差し伸べて、しっかりと握っていた。不安な気持ちも、こうしているとすべて消えていく。

次の休みは明後日で、翌日にはフィンから、どちらも了承したという返事がきた。

アルヴィンが一緒なら、それほど怖くはない。

当日はなにか起こるかわからないから、いざとなったら腕輪を外す覚悟があると、アルヴィンに伝えておく。反対されるかもしれないと思ったが、アルヴィンは真摯な顔で頷いた。

「もし危険だと思ったら、迷うな。あとのことはどうにでもなる。セシリアの身の安全が一番大切だ」

「……うん」

もしかしたらフィンも、魔族と繋がっているかもしれない。油断はできないと気を引き締める。

「アルヴィンも気をつけて」

「わかっている。セシリアを泣かせたりしない」

アルヴィンの指がセシリアの頬に触れる。思わず目を瞑ると、額に押し当てられる唇。優しい感触に、心が満たされていく。

「……アルヴィン」

もっと彼を感じたくて、両腕を彼の首に回す。

すると今度は唇に柔らかな感触がした。触れるだけのキスを何度も繰り返し、しっかりと抱きしめ合う。

「セシリア、愛している」

「わたしもよ。わたしのアルヴィン……」

彼のぬくもりと囁かれる甘い言葉に、不安が消えていく。

こうして覚悟と愛を確かめ合い、来たる日に備えることにした。


王太子にもフィンにも目立った動きはないまま迎えた、当日の朝。

ラフリにはまず、セシリアの部屋に来てもらった。

「もしなにかあったとき、ララリさんもこの部屋に逃げ込めるようにしてほしいの」

アルヴィンに頼んで、結界が張ってあるセシリアの部屋にララリも入れるようにした。これで、彼女がひとりのときになにかあってもここに逃げ込める。

フィンに指定された待ち合わせ場所が通いなれた学園の図書館なので、ララリは安心しているようだ。

けれど、セシリアはかえって不安だった。

もしそこで戦闘になれば、他の生徒を巻き込む可能性もある。フィンの狙いがなんなのかわからない以上、慎重に対応するべきだろう。

なにかあったときにどう動くのか。軽く打ち合わせをしてから、三人で図書室に向かった。

アルヴィンが先頭に立ち、その背後にセシリアとララリが続く。

休日なので、今のところ他の生徒の姿はないようだ。それに安堵しながら、周囲を見渡す。

「ここだよ」

すると、図書室の奥から声がした。隣にある部屋からのようだ。

（あそこはたしか、特別閲覧室、だったかしら？）

特殊な魔法書がおいてあり、教師の許可を得た者しか入れない部屋のはずだ。どうやらフィンは、その特別閲覧室でセシリアたちを待っているらしい。

あの場所には防音魔法がかかっていると聞く。もし図書館に他の生徒が来ても、扉を閉めてしまえば中の話を聞かれることはないだろう。

まずアルヴィンが先に立ち、次にセシリア。最後にララリが続いた。

部屋の中は思っていたよりも広く、図書室の半分くらいの大きさはありそうだ。複数の机と椅子が並んでいて、その一番奥にフィンの姿があった。彼は開いていた分厚い本を閉じると、立ち上がる。

「わざわざ来てもらって、すまない」

フィンはそう言うと、アルヴィンとセシリア、そしてふたりの背後に隠れるようにしていたラランを見た。

彼からは、以前のような好戦的な雰囲気を感じない。

「君たちの手を借りるのは不本意なんだけど、残念ながら僕ひとりでは手に負えない問題のようだ。話を聞いてもらえないかな?」

少し悔しそうに話すフィンからは、あの黒い瘴気を感じない。戦闘になる可能性さえ考えていたセシリアは、少し拍子抜けしたくらいだ。

でも戦わずにすむのなら、そのほうがいい。

「ええ」

セシリアは近くにある椅子にラランと一緒に座ったが、アルヴィンはふたりの後ろに立ったままだ。フィンを警戒しているというよりも、守護騎士としての立場から主の背後を守っているのだろう。

フィンは、そんなアルヴィンにちらりと視線を走らせた。

だがその視線から感じ取れるのは敵意ではなく、アルヴィンが話を聞いてくれるのかどうか心配しているようにさえ見えた。

王女よりも強い魔力を持つアルヴィンの力を借りるために、わざわざ主であるセシリアに声をかけたのかもしれない。

セシリアがアルヴィンを見上げると、彼は軽く頷いた。

どうやら話を聞いてもらえるようだと安堵したフィンは、「どこから話そうか」と小さく呟いた。そしてしばらく考え込んだあと、語り出した。

「僕はここ最近ずっと、魔族について調べていた」

「魔族？」

「ああ、そうだ。なぜそんなことをしていたかというと、アレク王太子殿下から頼まれたからだ」

いきなり魔族という言葉が出てきて驚くも、それがアレクの命令だったと知ってセシリアは複雑な心境になる。

「アレク様が、どうしてそんな」

悲しげに呟くラライに、フィンは答える。

「殿下は敵を知るために、とおっしゃった。でも魔族による被害など、ここ数十年一度も起きていない。僕も疑問に思ったよ」

それでもアレクに命じられたので、フィンは魔法の研究だと言って授業にも参加せずに、この部屋にいたようだ。

「それだけなら、まだよかった。殿下の名前で、この特別閲覧室にも入れたからね」

しかし、それから少しずつ奇妙なことが起こり始めたと、フィンは語った。

友人で、王太子の側近候補でもあるダニーが、やたらと怒りっぽく、周囲を妬むような言葉を口にするようになった。今までそんな人柄ではなかったから、フィンはとても驚いたようだ。

だがそのうち、自分にも同じようなことが起きた。

自分よりも強い魔力を持っている者が妬ましくて、とにかく強い力が欲しくて仕方がない。それもダニーと自分だけに留まらず、他の生徒にも表れているような気がした。

「魔族は人の悪意を好み、それを強める。そんな記述を見たばかりだったから、もしかしたら、と思ってね」

魔族のことを調べていたアレクが、その悪意に取り憑《つ》かれてしまったのではないか。

フィンがそう考えたのも、悪意に支配されるようになったのが彼の身近にいる人間ばかりだったからだ。

側近候補であるダニー・マゼー。同じ立場であるフィン。そして、セシリアの兄のユージン・ブランジーニ。

もしかしたら王女のミルファーもそうかもしれないと、フィンは語った。

「王女殿下は、もっと優しい思いやりのある方だった。ご自分の兄上に、侮辱の言葉を投げかけるような方ではなかったはずだ」

たしかに彼が名前を出した人たちは、セシリアが覚えている限り、ゲームのときと性格がまったく違う。魔族の介入によって歪められてしまったのだとしたら、納得できる話だ。

「アレク様は……。魔族の力によって歪められてしまったのね」

ラリの悲しげな言葉に、フィンも視線を逸らした。

ふたりとも、アレクが自分から魔族の力を欲したとはまったく思っていないようだ。

だが、セシリアには少し疑問が残る。

この魔力至上主義の国において、妹よりも魔力が弱いのに王太子という立場。そして国王陛下と魔力の強いセシリアの父の、昔から続く長い因縁。それらを考えると、彼が強い力を欲していたとしても不思議ではない。

その苦しみは、ゲームを通してこの世界を深く知っていたセシリアには理解できる。

だからこそ、アレクはただの被害者だと思うことはできない。

セシリアは、背後にいるアルヴィンにちらりと視線を向けた。

彼も同じ考えのようで、アレクについて悲しげに話すラリとフィンの様子を静かな瞳で見つめていた。

「フィン様は、どうやってその状態から抜け出すことができたのですか？」

憂いを帯びた表情をしていたラランが、ふと問いかけた。

たしかに今のフィンは、最初に出会ったときのように好戦的ではない。アルヴィンを侮辱されて思わず頬を叩いてしまったセシリアに対しても、普通の態度で接しているくらいだ。

「……そう。今回、君たちに来てもらったのは、その件に関してなんだ」

フィンがそう言いながら広げた、手もとに置いてあった一冊の本に視線を向ける。

書かれているのはこの国の言葉ではないようだ。

（これはたしか……。『エイオーダ王国』の）

シャテル王国から離れた、大陸の北側に属する大きな国だ。ゲームでは名前だけしか出てこないが、多くの魔導具がその国から輸入されていると言っていた。

この国とは違い、王族や貴族は今でも強い魔力を持っている。だが、その数の減少に悩んでいるとも聞く。

しかも国王夫妻にはまだ子供がいないらしい。それでも魔力の強い者が多いため、魔法の研究も進んでいて、この国にはない便利な魔導具がたくさんあった。

これは、その魔導具の作り方の本のようだ。どんな内容なのかと興味を持って覗き込む。

「魔を退ける魔導具……。本当にそんなものがあるの？」

かなり難解な魔法式が記されていて、セシリアでは理解できなかった。

「ある、と言ってもいいのか。これはエイオーダ王国の、ある魔導師が書いた本らしい。ただ魔法式があまりにも複雑で、僕には完全に再現することはできなかった」

フィンはそう言うと、身に着けていた腕輪の形をした魔導具を外して見せてくれた。

「これが魔導具？」

「そう。完成には程遠いが、それでも効果はあった」

これを身に着けたことによってフィンは、ダニー、そしてアレクも今までの自分と同じ異常な状態であることに気づけたと語った。

「完全な魔導具を作れたら、きっとアレク様を救うことができる。どうか力を貸してくれないだろうか」

彼はそう言って、頭を下げた。

「あのときの暴言と失礼な態度も詫びる。本当にすまなかった」

真摯な言葉に嘘はなさそうだ。

「わ、わたしは、アレク様のためならなんでもやります」

アレクを想うラライは即答する。

「ええ。わたしも協力するわ」

セシリアも悩まず頷いた。

「感謝する」

フィンはそう言うと、三人にも見えるように本をこちらに側に向けた。

「まず材料として必要なのは……。清められたクリスタルと、シルバーの鎖。それからムーンストーンだ」

何度も修正した跡があるメモを本の傍に置いて、彼は説明する。手元には、エイオーダ王国の辞書もあった。

フィンが示す文字列を、セシリアも辿る。

「そこは清められたクリスタルではなく、聖属性のクリスタルだ」

すると、セシリアの背後から眺めていたアルヴィンが、そう訂正した。

「アルヴィン？」

「聖属性のクリスタルと、神殿で清められたムーンストーン。そう書かれている」

あっさりと解読してしまったアルヴィンに、フィンが息を呑む。

「辞書なしで、これが読めるのか？」

驚愕を隠そうとしない問いかけに、アルヴィンは静かに頷いた。

「セシリアも読めるだろう」

そう言われて、素直に頷く。

「わたしも少しなら。でも……」

家庭教師の授業でエイオーダ語を勉強したセシリアでさえ、完全には読めない。だがアルヴィンは少し目を通しただけで、完璧に解読していた。

「……変なプライドなど捨てて、すぐにでも協力を求めればよかったと思うよ」

よほど大変だったらしく、フィンは肩を落とした。

「だったら、この魔法式も解読できるだろうか？」

目の前に差し出された魔法書の文字をアルヴィンが追う。

「そうだな。理解できないこともないが、ここはブランジーニ公爵の知識を借りるべきかもしれない」

「お父様の？」

突然の提案にセシリアは驚いたが、フィンはむしろ望む答えだったようで大きく頷いた。

「そうしてもらえると助かる。ここに魔法式を書き写したものがある。これを渡してほしい」

「ええ、わかったわ」

父がこの件に協力してくれるのか不安になるが、一応、この国一番の魔導師だ。話だけはしてみようと、メモを受け取る。

「わたしはなにをすればいいですか？」

魔法書を読めなかったラリが、少し肩を落としながら尋ねる。

「失敗するかもしれないと考えて、大量のクリスタルを用意している。聖属性のクリスタルにするには、神官に浄化魔法を使ってもらわなくてはならない。君にはたしか神官の知り合いがいたと思うが」

「ええ、います。神殿に仕えているリアス様です」

ラリは大きく頷いた。

（ああ、まだ登場していなかった最後の……）

その名前を聞いて、神官がゲームでは四人目の攻略対象者だったと思い出す。

彼はここで登場するようだ。

「わかりました。リアス様に頼んで、クリスタルを浄化してもらいます」

「それと、ムーンストーンの数が足りないんだ」

「それはお父様に頼んでみます」

ララリが引き取られたエイター男爵家の領地では、良質のムーンストーンが採れると聞いたことがある。フィンもそれを当てにしているのだろう。

自分の役割が決まり、ララリも張り切っていた。

「それではわたしは、これからすぐにお父様とリアス様に手紙を書きますね」

彼女に続いて、セシリアも席を立った。

「わたしもお父様に連絡してみるわ」

あの父だから素直に協力してもらえるとは思わないが、未知の魔法なら興味を持ってくれるかもしれない。

「すまないが、頼む。なにかわかったら連絡してほしい」

真剣な顔で言うフィンに頷き、セシリアは魔法式が書かれた紙を手に、アルヴィンと共に図書室から出た。

ララリは男爵家に引き取られたとはいえ、当主のエイター男爵は実の父親である。魔導師団長の息子であるフィンに頼まれたと言えば、彼が欲している品をすぐに用意してくれるだろう。

問題は、セシリアのほうだ。どうやってこの魔法式を父に解読してもらうかと頭を悩ませていた。

「ここはやっぱり、お母様を使うべきかしら？」

自分の部屋に戻ったセシリアは振り返り、傍にいるアルヴィンに声をかける。

戻ってからずっとなにかを思案しているらしい彼の様子が少し気になっていた。

「いや、公爵に聞く必要はない」

アルヴィンはセシリアから魔法式の紙を受け取ると、視線をそこに向けたまま断言した。

「どういうこと？」

「公爵に聞かずとも、解読できる」

「そういえば、アルヴィンはどうしてエイオーダ語を理解できるの？　もしかして、アルヴィンの出身地は……」

思わずそう口にしてしまい、セシリアははっとしてアルヴィンを見た。今まで一度も語ったことのない彼の過去を探るような言葉だった。

「ごめんなさい」

「謝る必要などない」

すると、彼は手を伸ばしてセシリアの腕をそっと掴んだ。そこに嵌められた魔力を封じている腕輪に触れる。

「セシリアの言うように、エイオーダ王国は俺の出身国だ。この魔導具を作るための魔法式は、腕輪の魔法式とよく似ている」

「やっぱりそうだったのね」

アルヴィンがエイオーダ王国の貴族出身だとしたら、あの魔力の高さと魔法知識の豊富さにも納得がいく。

だが彼と出会ったときの状況や話してくれた過去から考えても、よい思い出ではないのはたしかだ。アルヴィンも詳細を話したくないから、あの場ではセシリアの父の名前を出したのだろう。

「材料さえ揃えば完全な魔導具を作れる。だから、もう心配はいらない」

たしかに魔を退ける魔導具を使えば、アレクは正常な状態に戻れる。

そのあとはラランがいる。きっと彼の弱い部分を理解して支えてくれるだろう。

それなのに不安になるのは、アルヴィンの顔が晴れやかではないからだ。

「アルヴィン」

セシリアは手を伸ばして、彼の頬に触れた。

初めて出会った頃は柔らかな子供の肌だったのに、今では引き締まり、体つきもたくましくなった。

少年が少しずつ青年に変わっていく長い時間を共に過ごしたからこそ、アルヴィンが落ち込んでいると、セシリアにははっきりとわかる。

「思っていることを話して。もしあなたが嫌なら、魔導具なんか作らなくてもいいのよ」

他の方法を探そう。きっとふたりなら、もっとよい方法を見つけられるはずだ。

そう言うと、アルヴィンは首を横に振り、頰に添えられていたセシリアの手を両手で包み込むように握りしめる。

「いや、魔導具の制作に反対しているわけではない。魔法式こそ複雑だが、魔法自体はそんなに難しいものではない。材料さえ揃えば問題なく作れるはずだ」

「じゃあ、あなたを悩ませているのはなに?」

「………………」

アルヴィンは話すことをためらうように視線を逸らす。

ここでうやむやにしてはいけない。きちんと話し合いをしなくては。

セシリアは彼の言葉を辛抱強く待った。

「あの魔法書を書いたのは俺の父だ。父は、魔導具に関する本を何冊も書き記している」

　セシリアの根気に負けたのか、やがてアルヴィンは静かな声で語り始めた。

「アルヴィンの？」

「ああ」

　彼は深く頷き、痛ましそうな顔をしたセシリアに笑みを向ける。

「言っておくが、前にも話したように父のことはもうなんとも思っていない。今の俺には君がいる。それだけで充分だ」

「でも、なにか不安に思っていることがあるでしょう？　お願い、話して。あなたが傷ついているのになにも知らずにいるのは嫌だわ」

「……あの本を見たとき、父を思い出した」

　妻を深く愛するばかりに、その死の原因となった一族と、生まれてきた子供さえも許せなかったアルヴィンの父。

「昔は幼かったから、父の考えを理解などできなかった。だが、今なら……」

　アルヴィンは、セシリアという存在を得た。なによりも大切で、かけがえのない人だと言っている。

「もしセシリアを失うことがあったら、俺も父のようになってしまうのではないか。そう考えただけで怖くなる」

「アルヴィン」

二度目の人生とはいえ、前世ではあまり恋愛の経験を積まなかった。だから愛というものを、セシリアも深く理解できていないのかもしれない。

それでもアルヴィンを愛しいと思うし、互いに同じ気持ちなら、先のことを考えて不安になるよりも、今こうして一緒にいる時間を大切にしたい。

「大丈夫よ、アルヴィン。本来の魔力はわたしのほうが強いんだから、もしふたりの子供が生まれても、きっと大丈夫だわ」

「……子供」

アルヴィンの白い頬がほんのりと赤く染まったのを見て、自分の失言に気がつく。

「あ、たとえばの話で……。そんなに深い意味は……」

同級生に比べるとかなり大人びているが、アルヴィンもまだ十五歳だ。

自分の精神年齢が二十代後半だったので、深く考えずについ言葉にしてしまった。

でも十五歳の貴族令嬢という立場を考えると、少し大胆だったかもしれない。

けれど、焦っているセシリアを見てアルヴィンは柔らかく微笑んだ。

「そうだな。セシリアは俺よりも強い。心配はいらなかったな」

彼から先ほどまでの焦燥感を感じない。

「ええ、もちろんよ」

少し恥ずかしい失言だったが、アルヴィンの雰囲気が和らいだことが嬉しくて、セシリアも微笑みを返した。

これで魔導具が完成すれば、王太子と敵対しなければならないという不安要素がひとつ減る。王女ミルファーの高慢な物言いが魔族の影響だとしたら、きっと彼女も元に戻るだろう。

大きく変わってしまったゲームの流れが元の形に近づけば、これからどう動いたらいいのかも見えてくるに違いない。

それからセシリアは、ゲームとこの世界の違いをじっくりと考えてみた。

ゲームでは、ヒロインに嫉妬した悪役令嬢のセシリアが魔族に惑わされ、その力を得て国を滅ぼそうとした。

セシリアは黒い瘴気で一般人を操り、国内の至るところで騒動を起こした。魔物の活動も活発になり、ヒロインが王都に命懸けで結界を張ったのもこの頃だ。

だが、現実は違っている。悪役令嬢に値するのは王女であるミルファーだと思われるが、彼女は魔族とは直接関わっていない。

代わりに魔族に魅入られてしまったのは、王太子であるアレク。本来の彼は少し気弱だが、誠実で優しい人物だ。

魔力至上主義のこの国で、妹よりも劣る彼は追い詰められていった。彼はゲームの悪役令嬢のように、嫉妬心や劣等感を魔族に利用されてしまったのかもしれない。

それでも彼の側近のフィンが魔を退ける魔導具の作り方を記した本を発見したことによって、解決する兆しが見えてきた。

アルヴィンによると、その魔導具は、魔族の力を封じて大幅に弱める効果があるらしい。魔の影響をほとんど受けなくなるので、フィンやダニー、王女ミルファーのように負の部分を闇の力で強調されていた場合はすぐに正気に戻ると思われる。

しかし長年のコンプレックスで彼自身の性質が歪められている場合は、事情が異なる。魔の影響がなくなると多少は改善されるだろうが、元の姿に戻るには長い年月が必要かもしれない。

だがアレクには、彼を慕い寄り添ってくれるヒロインがいる。それが救いだった。

「セシリア？」

立ったまま考えごとをしていたセシリアは、傍にいたアルヴィンに腕を引かれた。

逆らわずに身を任せると、そのまま彼の膝の上に座らされる。

「随分と深く考え込んでいたな」

髪を優しく撫でられて、こくりと頷く。

「……うん。これからのことを」

「不安か？」

「大丈夫よ」

魔導具は無事に完成するのか。効果はきちんと表れるのか。

考えるときりがないが、それでも不安ではない。どんな結末になろうとアルヴィンが傍にいてくれたら、きっと乗り越えられると信じている。


そして、翌日。

セシリアはアルヴィンと共に、図書室の奥にある特別閲覧室に向かった。すでにフィンとラリがいて、熱心に話し合いをしているようだ。

セシリアとアルヴィンに気がつくと、ふたりは立ち上がった。

「これを」

期待を込めた視線を向けるフィンに、セシリアは持ってきたものを差し出した。そこには、アルヴィンが解読した魔法式が詳しく書き記してある。父から預かったと偽ってフィンに渡した。

「あれが解読できたのか!」

フィンは興奮した様子で、その書類に目を通している。

「助かったよ。魔法式さえわかれば、あとはこちらでなんとかする」

決意に満ちたフィンの言葉に、セシリアはなにも言わずに頷いた。

アルヴィンなら、すぐに完璧な魔導具を作れるはずだ。でもギリギリまでひとりでなんとかしようとしていたフィンは、アレクを救うために自分自身の手で魔導具を完成させたいのだろう。

フィンとラランが話し合いをしていた机の上には、クリスタルと大量のムーンストーンが置いてある。セシリアは、それらにちらりと視線を走らせた。

(あれだけ用意してあれば、何回か失敗しても大丈夫ね)

フィンに頼まれたものをすべてひと晩で集めたラランも、アレクのために必死なのだろう。

「他になにか手伝えることはある?」

一応尋ねてみたが、フィンは首を振る。

「いや、大丈夫だ。本当に助かったよ」

「そう。もしなにかあったら、いつでも言ってください」

それだけを告げ、セシリアはアルヴィンを促して部屋から出た。

「あれでは完成まで時間がかかる。いいのか？」

心配なのか振り返りながら言うアルヴィンに、セシリアは頷く。

「ええ。わたしたちでは駄目なのよ」

魔導具によって正気を取り戻したアレクは、今度は自分のしでかした罪の重さに圧し潰されそうになるだろう。それを支えるのは、彼のために必死に魔導具を制作したフィンであり、ララリではなくてはならない。

自分のために奔走してくれた者の存在が、きっとアレクを救う。

「わたしたちでは、そこまで彼に思い入れることができない。だから、あのふたりでなくてはならないの」

「……そうか」

我ながら要領を得ない説明だったが、アルヴィンは問い返すことなく、そのままセシリアの手を取る。ふたりで手を繋いで歩き出した。

（わたしは勘違いをしていたのかもしれない）

ゲームの知識があったから、魔族と戦わなくてはならないと、それはかり考えて心配していた。

でもセシリアは、ゲームのヒロインではない。

ヒーローであるアレクを救うのも、みんなと協力して魔族と戦うのも、ヒロインであるラブリの役目だ。

翌日からフィンと同じく、ラブリも授業に来なくなった。

でも学園には来ていて、フィンと一緒に図書室で話し合ったり、真剣な顔で魔法書を読んだりしている。

自分も毎日図書室に通いながら、セシリアは彼女たちの姿を見守っていた。

そのうち、兄のユージンと、さらに王女ミルファーが加わった。ふたりの腕にはクリスタルとムーンストーンが嵌め込まれた腕輪がある。微妙に形が違うので、試作品なのかもしれない。それでもふたりの闇を退けることはできたようだ。

ラブリも懸命に知識を身につけ、魔法の力を高め、アレクのために努力しているようだ。

(さすが、ヒロインよね)

いつの間にか彼女が輪の中心になっていた。
そう遠くない日に、魔導具は完成するだろう。
ヒロインはヒーローを助け、彼女の物語はハッピーエンドになる。
セシリアはそう確信していた。
「そろそろ帰ろう」
アルヴィンに声をかけられて、セシリアは我に返った。
いつの間にか人の姿はまばらで、窓の外は夕陽によって赤く染まっている。
「そうね。帰りましょう」
寮までの道を手を繋いで歩きながら、セシリアは思う。
ヒロインであるラランの物語は、順調に進んでいる。
アルヴィンと自分の物語は、どんな結末を迎えるのだろう。

最終章　新しい世界へ

それから一カ月ほど経過したあと。

魔導具が無事に完成したと、ラランとフィンから報告があった。ミルファーや兄のユージンなども協力して何度も試作品を作り、ようやく完全な魔導具を作れたようだ。アルヴィンなら一日で完成させることができた。でもラランやフィンを中心に、たくさんの人がアレクを救いたいと願って作られた魔導具である。

きっと効果があるだろう。

そうして数日後。

王太子のアレクが体調を崩し、静養すると発表された。

それを聞いて、ほっと胸を撫で下ろす。

思っていたより時間はかかったが、無事に解決したと思われる。廃嫡ではなく静養だったのは、すべて魔族に操られていたせいということになったのだろうか。

アレクの心の弱さは王太子としてふさわしくないかもしれないが、ラランが彼を選んだのなら、きっと大丈夫だ。

まだ魔導具が完成していなかった頃、一度だけ図書室で兄と遭遇したことがある。兄は複雑そうな顔をしてセシリアを見ていたが、ラウリに促されてこちらに向かってきた。警戒して前に出ようとするアルヴィンを止めて、セシリアも兄に向き直る。兄妹としてずっと同じ屋敷で育ったのに、こうして向かい合って話をするのは幼い頃以来だ。

『すまなかった』

謝罪する兄に、セシリアは首を傾げる。

『なんのことですか？』

『勝手に敵意を持って、セシリアを疎ましく思っていた。人を妬むだけで、なにひとつ自分で行動しようとしなかった。ラウリにそう叱られて、目が覚めたよ』

兄の指が、腕に嵌められた腕輪をなぞる。きっとその魔導具の効果もあるのだろう。

『わたしも少しだけ、そう思っていました』

この際だから言ってしまうと、怒るかもしれないと思った兄は落ち込んだ様子で肩を落とす。

『本当に不甲斐《ふがい》ないな』

『これからしっかりしてくだされば、大丈夫です』

顔を上げた兄に、にこりと微笑む。

『ブランジーニ公爵家の嫡男として、もっと自覚を持ってくださいね？』

シャテル王国では魔力を持つ者が減少しているため、他国から婿や嫁を迎えることが多くなってきた。でも、他国出身の者が爵位を継いだ例はない。

母はセシリアが後継者になることを望んでいるが、もしそうなったらシャテル王国出身の貴族を婿として迎えなくてはならないだろう。

でもセシリアは、アルヴィン以外と結婚するつもりはない。だから兄には、なんとしても公爵家を継いでもらわなくてはならない。

アレクの静養が発表されたあと、ラランリとフィンがセシリアの部屋を訪れて、すべて終わったことを報告してくれた。アレクを操っていた魔族の正体はとうとうわからなかったようで、フィンは悔しそうだった。

もしかしたらこれから、魔族と戦う第二部が始まるのかもしれない。

でも戦うのはきっと、ヒロインとその仲間たち。セシリアはなにかあったら力になることだけ伝えておいた。

どちらにしろシャテル王国が本格的に魔族に目を付けられたら、この国総出で戦うことになる。

今回の件は、気まぐれのようなもの。魔族とはそれほどの相手だ。束の間の平穏かもしれないからこそ、今のうちにアルヴィンとふたりきりでデートをするという約束を果たそうと思う。

朝から張り切ってお弁当を作り、ふたりで町に出る。

大勢の人で賑《にぎ》わう大通りを、はぐれないように歩いた。

行き先は学園寮から少し離れたところにある大きな公園だ。ここもカップルや家族連れで賑わっていた。

公園には大きな池があり、それを囲むようにして遊歩道がある。途中には、休憩するための東屋がいくつかあった。

「少し歩くか？」

アルヴィンに尋ねられ、セシリアは頷く。

池にはたくさんの水鳥がいて、その優美な姿に思わず見惚れてしまう。

すぐに転ぶからと荷物を取り上げられ、不満を口にした途端、小石につまずいて転びそうになる。

「だから言っただろう？」

呆れた顔をするアルヴィンだったが、セシリアを見つめる瞳はとても優しい。

「転ばないようにしないと」

そう言って手を差し伸べられて、それが不満でぷいっと横を向く。

「セシリア？」

「そんな子供扱いは嫌よ。せっかくのデートなのに」

「……そうだな」

アルヴィンは微笑むと、セシリアの手を握り、そのまま引き寄せる。セシリアは彼の腕に自分の腕を絡めた。

そのまま寄り添いながら、ふたりで水辺の澄んだ空気と眺めのよい景色を堪能して散歩を楽しむ。

セシリアは、自分よりもずっと背の高い彼の横顔を見上げた。

出会ってから今までに起きたいろいろな事件を、ひとつずつ思い出してみる。

大変なことばかりだったが、いつでも傍にはアルヴィンがいた。

アルヴィンはセシリアと出会ったことで救われたと言ってくれたけれど、セシリアだって彼がいなければ、たとえ前世の記憶を思い出したとしてもどうなっていたかわからない。むしろゲームの知識にばかり頼り、なにもできずにうろたえていた可能性が高い。

〝悪役令嬢〟となって破滅するはずだったセシリアを救ったのは、間違いなくアルヴィンだ。

「どうした？」

視線を感じたのか、アルヴィンが声をかけてきた。

その声の優しさに、こちらに向けられた視線から感じる愛情に、セシリアは微笑む。

「あなたと出会えてわたしは幸運だった。そう思ったのよ」

「幸運なのは俺のほうだ。こんなに穏やかな時間が過ごせるなど、あの頃は想像もしていなかった」

セシリアは、繋いでいた手に力を込めた。

「今日のお弁当はサンドイッチじゃなくて、ハンバーガーにしてみたの。チキンフィレサンドとてりやきバーガーよ。どっちがいい？」

「どういうものかわからないが、きっとどれもおいしいんだろうな」

「じゃあ、半分こにしようか。他にもたくさん作ってきたの。楽しみにしていてね」

アルヴィンは持っていた荷物をちらりと見ると、嬉しそうに頷いた。セシリアの手料理を本当に楽しみにしている様子に、思わず笑みが浮かぶ。

東屋でゆっくりと昼食を終えたあとは、のんびりと景色や水鳥を見て楽しみ、寄り添って甘い時間を過ごす。

そして周囲が夕闇に包まれる頃、名残惜しい気持ちを抱えながらも、また手を繋いでふたりで学園の寮に戻った。

最初は前世の記憶が強かったから、アルヴィンは弟のような存在だった。傷ついた幼い子供を守ってあげなくては、という気持ちだった。

でもセシリアとしての人生が長くなるにつれ、彼に対する気持ちも少しずつ変化していた。

今では誰よりもアルヴィンを頼りにしているし、抱いている感情はもう親愛ではない。アルヴィンのことを、誰よりも愛している。これからもセシリアとして生きていくのだから、彼に対する愛はますます強まっていくのだろう。

上嶋蘭が消えてしまうわけではない。でも、今を生きているのはセシリアだ。

ふたつの記憶は少しずつ融合して、やがてひとつになる。そしてゲームではない、シナリオもない現実で、アルヴィンと共に支え合って生きていく。

予備知識などなくても、なにも怖くない。

セシリアはもう、ひとりきりではないのだから。

学園寮に戻ったセシリアはある決意をして、次の休みに公爵家の屋敷に戻った。兄を正式に後継者に指名してほしいと頼むためだ。

自分の娘に公爵家を継がせたいと思っていた母は難色を示したが、セシリアは辛抱強く説得した。

アルヴィンを愛している。彼と共に生きていきたい。他の人と結婚するなんて絶対に嫌だと、最後は泣きながら訴えた。

さすがの母も娘の涙に心を動かされたようで、父にそう進言すると約束してくれた。

母がそう言えば父が反対するはずもなく、すぐに兄は正式に後継者として指名されることとなった。

兄は学園で魔法を勉強しながら、同時に剣も習い始めたようだ。体格に恵まれた兄はなかなか才能があったらしく、楽しそうに剣を振っているとアルヴィンが教えてくれた。ララリに恋しているようだが、残念ながら彼女が想っているのはアレクだ。これればかりは分が悪い。

それでも少しだけ兄を応援する気持ちになっていたことに、自分でも驚いた。兄に対するわだかまりは、知らないうちに消えてしまったのかもしれない。

魔族の動向に注意しつつ、これからはヒロインたちのサポートに回る。

だから少なくともしばらくは平穏な学園生活が送れると期待していた。

それなのに、まさかこんなにすぐにイベントが勃発するなんて思わなかった。

セシリアは、学園寮の部屋を訪ねてきた兄の言葉に深いため息をつく。

「……お父様に言っても無駄だから、お兄様を使うことにしたのね」

兄が告げたのは、国王陛下からの命令だった。

シャテル王国の北側に位置するエイオーダ王国よりもさらに北に、『ローダナ王国』という国がある。領土のほとんどが雪と氷に覆われた国だが、エイオーダ王国から輸入した魔導具により、国民はそれなりに快適に暮らしているらしい。

そこの王太子がシャテル王国を訪問することになり、セシリアに彼の相手を務めるようにという命令だった。

(それだけなら、別に構わないけど……)

問題は、王太子の目的が花嫁探しであることだ。

ローダナ王国は、複数の問題を抱えている。シャテル王国と同じように貴族の魔力の弱体化が問題になっていて、しかも貴族階級の女性の数が減少しているらしい。

ローダナ王国では、王太子と同じような年頃の女性がひとりもいない。そのため、彼ではなく弟を王太子にするという話が出ていたようだ。

彼はそれを回避するべく、周辺の国を回って婚約者を探しているという。

できれば魔力の強い女性がよいのは、どの国でも変わらない。しかもセシリアの父の魔力の強さは、シャテル王国内だけではなく他国にも知れ渡っているようだ。

兄が帰ったあと、セシリアはアルヴィンと話し合いをする。

「まさかわたしが候補になっている、なんてことはないよね？」

セシリアは公爵令嬢だが、アルヴィンに譲られた魔導具のおかげで魔力は平均値でしかない。向こうが求めているのは魔力の強い令嬢だろう。

学園のAクラスには侯爵家や伯爵家の令嬢もいる。セシリアがいくら公爵令嬢でも、彼女たちよりも先に候補になることはないと思われる。

「またアルヴィンのおかげで助かったのかな？」

そう言ったが、彼の顔はまだ険しいままだ。

「いや、まだ安心するのは早いかもしれない」

「どうして？」

「向こうにしてみたら、ふさわしい婚約者を見つけられなかったら、王太子の地位を返上しなければならないからな。魔力の強さよりも、血筋や後ろ盾を取る可能性もある」

「そこが不思議なのよ」

セシリアは首を傾げる。

「貴族なら、多少の年齢差は気にしないものでしょう？　まして、彼は王太子なのだから」

王太子の弟がいくつなのか知らないが、彼の年齢に釣り合う女性はいるのだから、その女性を王太子の婚約者とすればいいのではないか。

その疑問を口にすると、アルヴィンが理由を説明してくれた。

ローダナ王国では貴族の数の減少により、身内での結婚を繰り返してきた。弟の婚約者候補になっている少女も、王太子にとってはとても近しい身内らしい。これ以上、血が濃くなってしまうのは危険なのだろう。

だからといって普通の女性を妻にしてしまえば、魔力を持たない子供が生まれてしまう。魔力のない者に、王位継承権が与えられることはない。

「えっと、弟なら大丈夫なの？」

「母親が違うようだ。弟の母は、他国から嫁いできた貴族だと聞いた」

異母兄弟だったのかと、納得する。

「そうだったのね。それでも、わざわざ王太子が自分で婚約者を探し回っているなんて」

「それだけ向こうも必死なのだろう」

「……そっかぁ」

王族の結婚は、とても大変だ。王族の魔力の強さは、そのまま国の強さとなってしまう。だが強さばかり追求すると、ローダナ王国のように血が濃くなりすぎたり、エイオーダ王国のように王位継承者がいなかったりする。

もともとゲームでは、セシリアは王太子の婚約者だった。

それをアルヴィンのおかげで回避できたのに、今度は他国の王太子の婚約者になるわけにはいかない。

「とにかく命じられているのは、今のところ歓迎のダンスパーティーのパートナーだけど、本来ならミルファー王女殿下の役割よね？」

「国王としては王家の中でも突出した魔力を持つ王女を他国に嫁がせるわけにはいかないと思ったのだろう。多少魔力が弱くても、ブランジーニ公爵家のセシリアならば不足はない、というところか」

父の名声は、他国まで知れ渡っている。たとえセシリア自身にそれほどの魔力がなくとも、その血筋に期待することはできると思われている。

しかも国王は王女を手放したくない。だから代わりにセシリアを差し出そうとしているのだ。しかもセシリアは公爵家の後継者候補から外れたばかり。

「ひどいなぁ……」

それが国を守るための最善の方法だとわかっていても、前世の記憶がある身からすれば到底納得できるものではない。

(他国の王太子というのが厄介よね。ローダナ王国には守護騎士制度はないみたいだし、アルヴィンとは正式な婚約もしていないし……)

向こうもまた、国を守らなくてはならない王族。しかもローダナ王国の王太子は、自分の進退にも関わっている。命じられたら兄も国王には逆らえず、父も国王に逆らうほど娘に思い入れはないだろう。

ゲーム的には、悪役令嬢になれなかったセシリアと、登場人物ではないアルヴィンがいなくなったとしても、内容に大きな変化はない。むしろゲームの第二部に沿った世界になる。

(ゲームの強制力が働いてシャテル王国から出されてしまう、なんて。さすがにそれは考えすぎよね)

あまり悲観的になるのもよくない。今は、どうやってこの状況を切り抜けるのかだけを考えなくてはならない。

「これからのことだけど……。アルヴィン？」

気持ちを切り替えて話し合いを再開しようとしたセシリアは、アルヴィンが思い詰めたような顔をしていることに気がついた。

「どうしたの？　大丈夫？」

「……セシリア」

彼はセシリアの手を握り、そのまま自分の額に押し当てる。

「俺は、セシリアさえいればいい」

「うん。わたしもよ」

もし王命でローダナ王国に嫁げと言われたら、一緒に逃げてしまおうか。

そう思いながら答えたが、アルヴィンの視線は遠くに向けられている。

「セシリアを得るためなら、使える手はすべて使う。ためらっている場合ではないな」

「アルヴィン？」

ひとりごとのような言葉を聞き返す。でも、返答はなかった。

なんだか不安になって、セシリアは繋いだ手に力を込めた。

不安を抱えたまま、とうとう歓迎パーティーが開かれる日となった。

ローダナ王国の王太子の名は、ニクラス。年齢は二十二歳のようだ。眉目秀麗で頭も切れるらしいと、令嬢たちは頬を染めて噂をしている。

開催に先立って顔合わせをしたとき、彼は品定めをするような目でセシリアを見つめていた。

この日セシリアは、国王陛下から賜ったドレスを身につけていた。深い緑色の上質な布がセシリアのストロベリーブロンドの髪に映えて、我ながら綺麗だなと惚れ惚れしたくらいだ。

それでも、セシリアの魔力はアルヴィンの腕輪で抑えられたまま。今まで一度も外したことがないから、本来の魔力の強さが知られることはない。

「惜しいな。これでもう少し魔力があれば……」

「ですが、血筋は極上。あのブランジーニ公爵の娘です」

ニクラスは側近と小さな声で話しているが、すべて聞こえている。彼の視線は、遠くにいる王女ミルファーへ未練がましそうに向けられていた。

セシリアはため息を押し殺して、人形のように笑うしかない。背後に控えているアルヴィンは、静かに状況を見守っている。

セシリアとしては勝手にこちらを値踏みしている他国の王太子よりも、アルヴィンのことが気にかかる。

あれから彼はひとりで父に会いに公爵家に行ったり、休みの日に出かけたりしている。なにをしているか尋ねたけれど、明確な答えは得られなかった。

セシリアのために無茶をしているのではないか。そう思うと心配でたまらない。

「この腕輪は……」

彼のことばかり考えていたので、気が削《そ》がれていた。

ふいに腕を掴まれて、セシリアは小さく悲鳴を上げる。いつの間にか正面に来ていたニクラスが、アルヴィンに贈られた腕輪を眺めている。

慌てて腕を引こうとするが、セシリアの腕を掴んでいる手は強く、けっして離れない。

「どうか、お許しください」

「まさか、魔力を抑える魔導具か？　どうしてこんなものを」

ニクラスの声は高揚していた。セシリアの腕から腕輪を外そうとする。

それだけはなんとか阻止しなければと思うのに、ニクラスの腕は力強く、痛みを覚えるほどだ。

「アルヴィン！」

助けを求めるように彼の名を呼ぶと、ふと拘束が緩んだ。

ニクラスの間に割って入ったアルヴィンが、腕輪が外されるよりも先にセシリアを彼の手から助け出してくれたのだ。

多少強引に引き離したせいか、ニクラスの従者が王太子に無礼を働いたアルヴィンを非難する。ニクラスも不快そうな顔をしてアルヴィンを睨んでいた。

「彼女を渡してもらおう。私のパートナーだ。もし魔力を隠していたのだとしたら、私の伴侶にふさわしいかもしれない」

勝手なことを言うニクラスに反論する前に、アルヴィンは静かな口調で告げる。

「安全のために必要な行動でした。セシリアが魔力を封じる腕輪を身につけているのは、魔力を制御することができないからです」

「制御できない？　それで、魔力を封じていると？」

アルヴィンは、問い返すニクラスの手を見た。

「ええ。あなたが身につけている、魔力を増大させる魔導具と同じくエイオーダ王国産です。あなたのものは私の叔母が制作したものですが、これは父が作りました。不用意に触れると危険です」

アルヴィンの言葉に、ニクラスも従者も息を呑む。

「……叔母、だと？　それならなぜ、こんなところに」

呻《うめ》くような声で言うと、ニクラスはアルヴィンを見た。全身にくまなく視線を走らせ、「たしかに似ている」と呟いている。

「目的はあなたと同じ。そして、セシリアは私のものです。あなたには渡さない」

アルヴィンはそう宣言すると、セシリアを腕に抱く。状況がよく理解できないままだったが、セシリアもアルヴィンにしがみついた。

「……わかった」

やがてニクラスは、セシリアから離れるように数歩下がる。

「私としても、エイオーダ王国と揉《も》めたくはない。彼女からは手を引く。パートナーも変更してもらえるよう、シャテル国王に頼もう」

「感謝します。礼として、もっと上質な魔導具を叔母に制作してもらいます」

アルヴィンの言葉にニクラスは何度も頷き、「こちらこそ感謝する」と述べて立ち去っていく。

「アルヴィン？」

「セシリア。帰ろうか」

「……うん」

聞きたいことはたくさんあったが、今はアルヴィンと一緒に帰りたい。セシリアは頷き、彼の腕に寄りかかる。

「少し、怖かった」

正直に告げると、優しく髪を撫でられる。

「もう大丈夫だ。俺が傍にいる」

そのままアルヴィンに連れられて、学園寮ではなくなぜか公爵家の屋敷に戻った。

理由を聞いても答えてくれなかったが、戻ってみると驚いたことに父と母が揃ってふたりを迎えた。

「お父様、お母様?」

不思議そうに声を上げるセシリアには答えず、父の視線はアルヴィンに向けられている。

「セシリアを連れて、エイオーダ王国に戻ろうと思います」

アルヴィンは父にそう宣言した。

「そうか。ならば私たちも一緒にエイオーダ王国へ行こう。この国に未練はない」

父の言葉には嫌悪が滲んでいて、母は手を差し伸べてセシリアを抱きしめた。

どうやら父も母も、セシリアがミルファーの身代わりとしてローダナ王国の王太子に差し出されたことに憤っているようだ。

「お母様？　これはいったい……」

「アルヴィンは、エイオーダ王国の王妃陛下の甥だったのよ」

「え？」

驚きの声を上げるセシリアの前に、アルヴィンは許しを請うようにひざまずく。

「すまない。隠していたわけではないが、あの場では説明できなかった。俺の名はアルヴィン・ビイスタ。エイオーダ王国の王家の血を引く、ビイスタ公爵の息子だった」

「エイオーダ王家……。公爵……」

驚くことばかりだったが、そう言われてみると、ローダナ王国の王太子の態度は納得できる。あの国は、エイオーダ王国の魔導具にかなり助けられていると聞く。だから、向こうとしてもエイオーダ王国の公爵の息子と揉めたくはないだろう。

しかも彼の母は王妃陛下の姉であり、アルヴィンは国王の血縁に当たるそうだ。その国王夫妻には、いまだに後継者がいない。

「なんとか理解できたけど。でも、どうして……」

今まで黙っていたのか。そう尋ねる前に、アルヴィンは事情を語ってくれた。

「父はきっと俺が逃げ出したことでますます怒りを募らせ、会えば今度こそ殺されるかもしれないと思っていた」

アルヴィンの父は強く、まともに戦っても敵《かな》う相手ではない。当時、国王さえも手出しはできなかった。

「だが、ここでローダナ王国の王太子が出てきた。セシリアを奪われないためには必要なことだと、ブランジーニ公爵の力を借りて叔母に連絡を取ったんだ」

父も、アルヴィンの正体をそれまで知らなかったらしい。

叔母からの返信はすぐに届き、数年前にアルヴィンの父が亡くなったこと。それからずっと、アルヴィンの行方を捜していたと書かれていたようだ。

「ならばセシリアを奪われないために、使える手段はすべて使おうと決意した」

そして父と相談し、セシリアを連れてエイオーダ王国に帰ると決めたようだ。父もエイオーダ王国には以前から興味を持っていたようで、さらに王家との確執が面倒になってきたこともあり、一緒に移住することも検討していた。

そして、今回の一件でアルヴィンも父も、完全にシャテル王国との関係を断ち切ることにしたという。

アルヴィンはひざまずいたまま、セシリアを見上げる。

「報告が遅れてすまない。俺と一緒にエイオーダ王国に来てくれないか。立場は変わってしまうかもしれないが、セシリアを愛する心だけは、なにがあっても変わらない」

答えは、考えるまでもなかった。セシリアは何度も頷き、アルヴィンの腕の中に飛び込む。

「もちろんよ。あなたと一緒なら、どこにだって行くわ！」

しっかりと抱き合う。でも両親の前だったことを思い出し、セシリアは慌ててアルヴィンから離れた。

「お父様とお母様も行くの？」

「ああ。要求ばかりするこの国にはうんざりだ。公爵家はユージンに任せ、引退してエイオーダ王国に行く」

父もセシリアとアルヴィンのように母をしっかりと抱き寄せながら、そう言った。

まだ学生の兄は苦労すると思う。がでも、もともと望んでいた公爵の地位だ。兄の実母は亡くなっているが、母方の祖父母は健在なので、きっと力になってくれるだろう。

「……すまなかった」

そんなことを考えていたセシリアに、父はぽつりと謝罪した。

「お父様？」

「アルヴィンから聞いた。お前の魔力のこと、そして〝護り子〟のことを。マリアンジュを守ってくれてありがとう」

ふいに涙が出そうになって、アルヴィンの腕に顔を埋める。

父にとって大切なのは、これからも母だけだろう。でも父のセシリアを見る瞳は、以前よりも少しだけ優しかった。


こうしてセシリアは、両親と一緒にエイオーダ王国に移住することになった。

もともと父は公爵家にもシャテル王国にもまったく未練はなく、むしろ以前から魔法の研究が進んでいるエイオーダ王国に行ってみたいと思っていたようだ。

母も、いまだに王国一の魔力を持つ父に愛人を持つよう進言する者がいると聞いて、ずっと気に病んでいたらしい。向こうに行けばなんのしがらみもなくふたりでいられると喜んでいる。

もちろんセシリアも、アルヴィンと一緒にいられるのなら、どこにだって行くつもりだ。

さすがにブランジーニ公爵家が兄ひとりを残して移住することに、シャテル王国の国王は反対した。

けれどエイオーダ王国から、甥を保護してくれた礼として大量の魔導具が届き、【甥は、助けてもらったブランジーニ公爵令嬢と一緒にいることを望んでいる。それを叶えてほしい】と書かれた手紙が同封されていたようだ。

さらに父も『シャテル国の将来のために、エイオーダ王国で魔法と魔導具の研究をしたい』と言ったため、反対し続けることは難しかった。

それに、国王にとって父は、制御できない爆弾のようなものだ。むしろ手もとに置くよりも遠くにやったほうが安心するのかもしれない。

まだまだ勉強途中のセシリアは、エイオーダ王国に渡ったあとも、向こうの魔法学園の二年生に編入して学生を続けるつもりだ。

アルヴィンはもうセシリアの守護騎士ではなく、一緒に通うクラスメートになるかもしれない。

でも学園を無事に卒業したら、アルヴィンと婚約することになっている。

貴族の数が減りつつあるエイオーダ王国では、アルヴィンほど王家の血筋に近い者はいない。そんな彼の婚約者でいるためには、もっと魔法の知識が必要になる。エイオーダ王国のことも学ばなくてはならない。

勉強することは多い。それでもアルヴィンと共に生きるためなら、苦労とも思わない。

そう決めてからは、引っ越しのために慌ただしい日々を送ることになった。

ラリはセシリアと離れることを寂しがったが、アルヴィンと共に生きるためだと説明すると、納得してくれた。

手紙を書くと約束し、ラリと別れる。

兄は突然爵位を譲ると言われ、さらに父も妹も他国に引っ越すと告げられてかなり動揺していた。

それでも、ラリへの恋心を自覚し、彼女に選んでもらえるように努力をしていることで、以前よりはしっかりとしてきた。後見人となった母方の祖父と共に、ブランジーニ公爵家を守っていく覚悟を決めたようだ。

それにエイオーダ王国に行ったとしても、別に縁を切るわけではない。兄であることには変わりはないので、なにかあったらセシリアも手助けする。

ラリとの友情も続いていくだろう。

この国がもし魔族と戦うことになったら、エイオーダ王国からできるだけ支援をするつもりだ。

使用人もほとんどはそのまま屋敷に残ることになった。長年父に仕えてきた執事と、母が生家から連れてきた侍女のふたりだけを連れていく。

向こうではアルヴィンの叔母が、屋敷も使用人もすべて取り揃えてくれているらしい。

引っ越し前日に、セシリアは最後にもう一度アルヴィンと町を歩いた。

ふたりで食事をした店。デートをした場所などを、手を繋いで歩きながらゆっくりと見て回る。

最後に、ふたりが出会った場所に行った。

あの日のことを、ひとつずつ思い出す。

「この国を離れるのは寂しいか？」

そう尋ねられて首を振る。

「ううん。わたしの居場所は、アルヴィンの傍だから」

生まれ育った国を離れるより、彼と引き離されるほうが何倍も苦しい。

そう答えると、強く抱きしめられる。セシリアも人目を気にせず、アルヴィンの背に腕を回した。

それから数日後。

両親、そしてアルヴィンと共にエイオーダ王国に向かう馬車の中で、セシリアはくすりと笑う。

馬車はちょうど、シャテル王国の国境に差しかかっていた。

「セシリア？」

「やっぱりこの国からは追い出されちゃうのね、と思って」

〝悪役令嬢〟にならなかったセシリアと、登場人物ではないアルヴィンは、シャテル王国を去る。この国はきっとヒロインのラランリのものだ。

それでも不安はなかった。

傍にはいつも、セシリアの最強の守護騎士がいてくれる。

「アルヴィン」

名前を呼ぶと、そっと抱き寄せられた。

両親は別の馬車に乗っているので、今はふたりきりだ。セシリアも彼の胸に頭を預けて目を閉じる。アルヴィンの指が、優しく髪を撫でてくれる。

エイオーダ王国に行けば、立場が変わってしまう。今までのように、ずっとふたりきりでいることはできないかもしれない。

でも心はけっして離れることはない。そう確信しているから不安はなかった。

「向こうに行っても、お弁当を持ってデートできるかしら?」

「もちろんだ。休日になったらいろいろなところに行こう。俺も、エイオーダ王国は閉じ込められていた城の中しか知らない。セシリアと一緒に見てみたい景色がたくさんある」

思い出はこれからもたくさん増えていくだろう。

「うん。楽しみだわ」

出立直前に、アルヴィンの叔母であるエイオーダ王国の王妃から、セシリア宛に長い手紙が届いた。そこには、アルヴィンを保護し守ってくれたことに対するお礼の言葉が何度も書かれていた。向こうで対面したら、セシリアもアルヴィンにずっと助けられていたと話そうと思う。

これからはゲームのことも前世のこともあまり思い出さずに、セシリアとして、愛するアルヴィンと共に未来を生きていく。

きっと過去を振り返る暇もないくらい幸せになれる。

そう確信していた。

「セシリア」

名前を呼ばれて顔を上げると、唇に触れる温かい感触。唇から頬に、そして額に繰り返されるキスは優しい。

愛する人の腕に抱きしめられながら、セシリアはゲームの舞台だったシャテル王国の国境を越えて、新しい世界に飛び込んだ。

END

あとがき

こんにちは。櫻井みことです。このたびは『最強守護騎士の過保護が止まりません！〜転生令嬢溺愛ルートにまっしぐら⁉〜』をお手にとっていただき、本当にありがとうございました。

前作からかなり時間が経ってしまいましたが、またお会いすることができてとても嬉しいです。

もともと、『悪役令嬢なのに、最強の守護騎士に溺愛されています！』というタイトルでネット上に掲載していたものです。読んでくださった皆様のおかげで、こうして本にしていただくことができました。

書籍版は第一部と第二部の前半部分をまとめて一冊で完結しているので、ネット上とは後半部分がかなり違います。

溺愛が大好きなはずなのに、なぜかいざ書いてみると戦闘、陰謀や策略などが多くなってしまいがちでした。今回もそうだったのですが、書籍にしていただくにあたって、戦闘シーンなどを削ってラブラブな場面を追加したので、タイトルにふさわしい溺愛ストーリーになったのではないかと思います！

そして今回、書籍化にあたって、担当編集者様には大変お世話になりました。細かくストーリーや文脈の矛盾などをご指摘いただき、勉強させていただきました。教えていただいたことを次に生かせるように、これからも精一杯頑張ります。

イラストを担当してくださった笹原亜美先生。とても愛らしいセシリアと、素敵なアルヴィンを描いていただき、ありがとうございました。ラフをいただいたときはあまりの美しさに絶句しました。

書籍版はこれで完結ですが、ネット版はまだまだ続きます。アルヴィンの祖国に渡ってからふたりの結婚式まで続く予定ですので、もし興味をもってくださったら見に来ていただけると嬉しいです。

ネット版もどうぞよろしくお願いします。

櫻井《さくらい》みこと

櫻井みこと先生への
ファンレターのあて先

〒104-0031
東京都中央区京橋1-3-1
八重洲口大栄ビル7F
スターツ出版株式会社　書籍編集部　気付

櫻井みこと先生

本書へのご意見をお聞かせください

お買い上げいただき、ありがとうございます。
今後の編集の参考にさせていただきますので、
アンケートにお答えいただければ幸いです。

下記URLまたはQRコードから
アンケートページへお入りください。
https://www.berrys-cafe.jp/static/etc/bb

最強守護騎士の過保護が止まりません！

～転生令嬢、溺愛ルートにまっしぐら!?～

2022年5月10日　初版第1刷発行

著　者　櫻井みこと
©Micoto Sakurai 2022

発行人　菊地修一

デザイン　カバー　ナルティス
フォーマット　hive & co.,ltd.

校　正　株式会社　文字工房燦光

編集協力　ヨダヒロコ（六識）

編　集　丸井真理子

発行所　スターツ出版株式会社
〒104-0031
東京都中央区京橋1-3-1　八重洲口大栄ビル7F
TEL　出版マーケティンググループ　03-6202-0386
（ご注文等に関するお問い合わせ）
URL　https://starts-pub.jp/

印刷所　大日本印刷株式会社

Printed in Japan

ISBN 978-4-8137-1265-7　C0193

ベリーズ文庫 2022年5月発売

『契約夫婦を解消したはずなのに、凄腕パイロットは私を捕らえて離さない』 田崎《たさき》くるみ・著

借金を返すため、利害が一致した財閥御曹司・誠吾と契約結婚した凪咲。完済し、円満離婚した…と思いきや、就職先の航空会社で誠吾と再会！　彼は社内で人気のパイロットだった。昔はCAになるため勉強中の凪咲を気遣い離婚を受け入れた誠吾だったが、「もう逃がさない」と猛追プロポーズを仕掛けて…!?

ISBN 978-4-8137-1245-9／定価715円（本体650円＋税10%）

『財界帝王は初恋妻を娶り愛でる～怜悧な御曹司が極甘パパになりました～』 若菜《わかな》モモ・著

母の借金返済のため、政略結婚が決まった紗世。せめて初めては好きな人に捧げたいと願い、昔から憧れていた御曹司の京極と一夜を過ごす。すると、なんと彼の子を妊娠！　転勤する京極と連絡を絶ち、一人で育てることを決意するが、海外帰りの彼と再会するやいなや、子ごと溺愛される日々が始まり…。

ISBN 978-4-8137-1260-2／定価726円（本体660円＋税10%）

『絶対に愛さないと決めた俺様外科医の子を授かりました』 立花実咲《たちばなみさき》・著

保育士の美澄がしぶしぶ向かったお見合いの場にいたのは、以前入院した際に冷たく接してきた因縁の外科医・透夜だった！　帰ろうとするも彼は「甥の世話を頼みたい」と強引に美澄を家に連れ帰り、なぜか契約結婚を申し込んできて…!?　冷淡に見えた彼は予想外に甘く、美澄は彼の子を身ごもって…。

ISBN 978-4-8137-1262-6／定価704円（本体640円＋税10%）

『離婚却下、御曹司は政略妻を独占愛で絡めとる』 砂川雨路《すながわあめみち》・著

社長令嬢の柊子は幼馴染で御曹司の瑛理と政略結婚することに。柊子は瑛理に惹かれているが、彼の心は自分にないと思い込んでおり、挙式当日に「離婚したい」と告げる。昔から柊子だけを愛していた瑛理は別れを拒否！　この日を境に秘めていた独占欲を顕わにし始め、ついに柊子を溺愛抱擁する夜を迎え…。

ISBN 978-4-8137-1261-9／定価715円（本体650円＋税10%）

『婚前契約書により、今日から私たちは愛し合う～溺愛圏外のはずが、冷徹御曹司は独占欲を止められない～』 ふじさわさほ・著

銀行頭取の娘である奈子は、鬼灯グループの御曹司・宗一郎とお見合いをする。紳士的な彼とならとプロポーズを承諾するも、直後に手渡されたのは妊娠や離婚などの条件が書かれた婚前契約書で…!?　まるで商談のように進む結婚に奈子は戸惑うも、彼がたまに見せる優しさや独占欲に次第に絡め取られていき…。

ISBN 978-4-8137-1263-3／定価704円（本体640円＋税10%）